うぶ熟女

草凪優

双葉文庫

目次

プロローグ 7
第一章 セカンド童貞 16
第二章 いい女を抱くために生まれてきた 61
第三章 覚悟のドレス 106
第四章 怖いんでしょう? 160
第五章 衝撃の落とし物 209

うぶ熟女

プロローグ

噂には聞いていたけれど、東京の夜景は圧倒されるほどの迫力だった。

故郷の長崎も夜景では有名だが、灯りの数が違いすぎる。花の都の地上の星は地平線の彼方までずっと輝いて、終わりが見えない。

ただ、地上の星のひとつに隠れてしゃかりきに働いている毎日では、この美しさを実感することもなかった。高いところにある特別な場所でなければ、この景色を見渡すことはできない。

田中誠一郎はいま、高層ホテルの三十九階の部屋にいる。

隣には、恋人の満智子。

誠一郎が二十歳で、満智子はひとつ年上の二十一歳。ふたりとも、築地にある老舗料亭で働いている。誠一郎が板前修業の端緒となる雑用係「追いまわし」で、満智子はホール係——もちろん、店の人間に付き合っていることは内緒だった。もしバレれば、追いまわしの分際で女と付き合うなんて生意気だと、板場の兄さんに拳固のひとつももらうだろう。

告白してきたのは満智子からだった。

「なああ。うちらお似合いや思うけん、付き合わん？」

河岸へのお使いにふたりで行かされたときに言われた。ふたりとも、鮮魚の入った発泡スチロールの箱を抱えて、晴海通りを走っていた。

どう考えても告白に相応しいシチュエーションではなかったが、満智子も必死だったのだろう。ふたりきりで話ができるチャンスなんて、滅多になかったからである。

それにしても、どこが「お似合い」なのか、誠一郎にはさっぱりわからなかった。こちらは下積み修業中でうだつの上がらない男なわけだし、田舎から出てきたばかりの満智子だって垢抜けない感じだった。いつもすっぴんで眉が太く、私服と言えば年季の入ったセーターやスカートばかり。つまり、悪い意味で「お似合い」と言いたいのか？

じっくり話したこともないのでどういう人なのかよくわからなかったが、九州出身という共通点があることは知っていた。誠一郎が長崎で、満智子が福岡の博多。誠一郎は中学を卒業するとすぐに単身上京したので、すっかり東京弁に馴染んでいたが、二十歳を過ぎてから東京に出てきた満智子は、まだ方言が抜けていなかった。

「あんた、将来はお店ばやるつもりやろう?」

「それは、まあ……」

小さくてもいいから一国一城の主になりたいというのは、板前修業中の若者なら当然抱く夢だろう。

「うちもそうなんよ。一緒にやらん? 同じ夢ば見んと? 知っとーやろ、うち、ばり働き者たい」

それは知っていた。ホール係は十代から五十代まで十人弱の女性従業員がいたが、満智子はいつもいちばん最初に来て、いちばん最後まで働いている。いつだって黙々と体を動かしていて、決して弱音を吐かない。

「でも、自分の店なんて、いつになるかわからないよ……」

「待っとーけん、大丈夫!」

満智子は元気に叫んで走りだそうとしたが、急に立ちどまり、振り返った。

「大事なこと言ううん忘れとった」

満智子に釣られて誠一郎も急に立ちどまったので、後ろから歩いてきた通行人にぶつかられた。「すいません」と言ったが、満智子から眼を離せなかった。彼女がまっすぐにこちらを見つめていたからである。

「うち、あんたのこと好いとーよ」

顔を真っ赤にして逃げるように走りだした満智子の背中を、誠一郎は呆然と立ちすくんだまま見つめていた。誠一郎の顔もまた、真っ赤になっていたことだろう。恋愛経験のない二十歳がのぼせあがってしまっても、致し方ないシチュエーションだった。

付き合うことになったとはいえ、仕事は忙しいし、たまの休日は溜まった家事を片づけて体を休めたいし、東京の地理にも詳しくなかったので、デートらしいデートはしたことがない。店の中休みにこっそり喫茶店で落ちあったり、河岸にお使いに行かされたついでに、意味もなく勝鬨橋を行ったり来たりしていたくらいのものだ。

しかし、誕生日くらいはきちんとお祝いしてあげたくて、どこに行きたいか訊ねてみたところ、

「夜景ん見えるホテルに行きたたか」

満智子はきっぱりと答えた。その顔を、誠一郎はまじまじと見つめてしまっ

た。付き合ってみてわかったのは、彼女はいつもすっぴんで眉毛が太いだけではなく、性格が男勝りだった。そう言って悪ければ、姉さん女房タイプなのだ。要するに、サバサバしていて、女らしさが足りない。おかげで異性に尻込みしてしまいがちな誠一郎でも気さくに話ができたのだが、夜景の見えるホテルというのは、お姫様願望の強い、女らしい女が行きたがるところではないのだろうか。

とはいえ、リクエストされてしまえば応えないわけにはいかず、西新宿の高層ホテルを予約した。宿泊料の高さに腰が抜けそうになったが、泣き言を言うわけにはいかなかった。

ふたりでホテルに泊まるのなんて、初めてのことだったからである。

付き合いはじめて半年ほどが経っていたし、下心をもつなというほうが無理な相談だった。当日、待ち合わせ場所であるJR新宿駅の西口改札に現れた満智子を見て、下心は吹っ飛んだ。いや、ぼんやりふわふわしていたそれが急にくっきりとした輪郭をもち、逆に不安に駆られた。

満智子は黒いワンピースに黒いハイヒールという、見たこともない気取った格好をしていた。アクセサリーなども首や耳にキラキラさせて、それは決してものすごく似合っていたわけでもないのだが、誠一郎は気圧された。

彼女はその気だ……。

「素敵なところにエスコートしてもらえるっちゃけん、少しは格好ばつけなならんやろ」

横顔を向けてひどく恥ずかしそうに言い、ホテルまでの道中も、ホテルに着いてからも、決して眼を合わせようとしなかった。

「ばり綺麗か夜景ね、うっとりしてしまう」

眼下にひろがる豪華なイルミネーションを眺めてひとり言のように言うと、それから五分以上口を開かなかった。誠一郎もどうしていいかわからず、一分が一時間にも感じられる長い沈黙に耐えていたところ、突然、ドンッと肩をぶつけられた。

「男なんやけんしっかりリードしちゃってん」

「そっ、そう言われても……」

「うち初めてやけん……エッチしたことなかけん……あんたが初めての男になるわけやけん……」

こっちだってそうだよ！　と言い返すことはできなかった。満智子が処女であることはなんとなく想像がついたし、そうであってくれればいいなとも思っていたが、いざ処女と童貞でお互いに初体験という場面になると、不安を飛び越えて恐怖すらこみあげてきた。

いったいどうすればいいんだろう……。

満智子を見た。眼を合わせてくれなかった。

「まずキスやなか？」

横顔を向けたまま言った。

「ちなみにキスも初めてやけんね。やさしゅうしんしゃい。ロケーションは申し分なかけん」

チラと夜景を見てから、眼をつぶって唇を差しだしてきた。満智子の唇は薄くて上品だった。店ではすっぴんでも、今日は真っ赤な口紅が引かれていて、息を呑むほどセクシーだった。

しかし、誠一郎の視線はその下へ移っていった。満智子が眼をつぶっているいまなら、おそらく今日のために新調したであろう、黒いワンピースをじっくりと眺めることができた。

ちょっと見ただけでも女らしく感じたのは、体のラインを強調するようなデザインだったからだ。柔らかそうな黒い生地が体にぴったりと張りついている感じで、ということは、服の上からでも乳房の形がよくわかる。

満智子は全体的にはスレンダーなのに、そこだけが丸々とふくらんでいた。いやもうひとつ、びっくりするほど細いウエストの下にあるヒップも、バストに負けず劣らず丸みを帯び、手を伸ばさずにはいられない。

「なんばしようと！」

尻を撫でられた満智子は、尻尾を踏まれた猫のように怒った。

「そんな騙し討ちみたいにして触る男、好かん！　うち、好かんけんね！」

「……ごめん」

誠一郎がうなだれると、気まずい空気が流れた。満智子も声を荒らげてバツが悪かったらしく、

「謝らんでよか……」

声音を変えて言った。

「ちょっとびっくりしただけやけん……お尻、触りたかと？」

誠一郎はうなずいた。

すると満智子は、

「やさしゅうしんしゃいよ」

　そう言って、尻を突きだしてきた。経験がないからしかたがないのだが、突きだし方が不自然というか不格好で、それゆえひどくいやらしかった。

　頭に血が昇った誠一郎は、次の瞬間、抱きしめていた。尻を触るのではなく、後ろからハグして双乳(そうにゅう)を両手で鷲(わし)づかみにした。

「なっ、なんばしようっ！　お尻触るんじゃなかったと？　なして胸ば揉(も)んでくると？　訳わからんよ、もうっ！」

　腕の中でいやいやと身をよじる満智子の反応に、誠一郎はますます頭に血が昇り、自分でも訳がわからなくなって、気がつけばふたりでベッドに転がっていた。お互いにハアハアと息をはずませながら、見つめあった。誠一郎も満智子もまばたきもできず、眼を見開いたまま、唇を重ねた。

第一章　セカンド童貞

1

カチン、と歯になにかがぶつかった気がして、誠一郎は眼を覚ました。

窓の外が薄暗くなっていた。もう日暮れが近いらしい。仕込みに一段落つけて横になっていたら、熟睡してしまったようだ。

目覚める前に見ていた夢を反芻し、苦笑がもれる。カチンと歯にぶつかったのは、満智子の歯だ。てんやわんやの初体験だったが、誠一郎にとってはいくつになっても忘れられない童貞喪失のひとコマだった。寝ながら勃起していたことに気づくと、もう一度苦笑がもれた。

体を起こし、仏壇の前で正座した。線香に火をつけ、りんを鳴らして両手を合わせる。

満智子の遺影が微笑んでいた。享年二十六。妻を亡くしてから、もう四半世紀になる。こちらはきっちり五十歳になってしまったが、誠一郎の中で生きている満智子はまだ、若さも美貌も兼ね備えたあのころのままだ。

　ふたりで店をもつという夢を叶えるチャンスは、あんがい早く訪れた。誠一郎が二十三歳のときのことだ。最初はチャンスというより、目の前が真っ暗になるほどのピンチだった。勤めていた老舗料亭のオーナーが不動産投資に失敗して、店が潰れることになってしまったのである。

　バブル崩壊の直後だったから珍しい話ではなかったとはいえ、コツコツ働いている自分の身の上に火の粉が降りかかってくるとは思っていなかった。板前修業は順調に進んでいたが、まだ焼き方、たまに椀方をまかされるくらいだったので、花板までの道のりは遠かった。

「これからまた新しい店に行くとなると……」

　誠一郎はつい満智子に弱音を吐いてしまった。

「精神的にけっこうきついだろうなあ。追いまわしの若い子も、その店では先輩になるわけだし……」

　もちろん、キャリアに見合ったポジションは与えられるだろうが、横から入ってきた人間を笑顔で歓迎してくれる板場は多くないと聞く。腕のいい板前ならその限りではないだろうけれど、焼き方と椀方の間をうろちょろしているレベルでは、腕を磨くより先に、人間関係に疲れそうだ。

「それやったら、思いきって自分の店ば出してしまえば？」

満智子は眼を輝かせて言った。

「どうせいつかは店ば出すつもりなんやろ？　やったら早かほうがよかやなか」

「そんなこと言ったって、開業資金が……」

誠一郎は深い溜息をついた。元より贅沢（ぜいたく）を好むほうではないので、多少の貯金はあったけれど、それでも自分の店をもつにはずいぶんと足りない。誠一郎の計算ではあと五年は修業を続け、三十歳手前で独立するというのが、金銭的にも板前のキャリア的にも適当だろうと考えていた。

「開業資金なら、うちがなんとかすると」

満智子は自信満々で胸を叩いた。

「催促（さいそく）なしの利息なしで、一千万でも二千万でも借りちゃるけん」

そのときまで知らなかったのだが、満智子の実家は博多で名うての呉服屋だったのだ。大富豪のお嬢様とまでは言えないまでも、千万単位の資金援助を求められる程度には裕福だったわけである。

　だがもちろん、そうなれば結婚しなければならない。誠一郎としては、独立の時期に合わせてプロポーズすることをぼんやり考えていたが、満智子の素性を知ったことで、逆に尻込みしてしまった。

「開業資金を簡単に出してくれるような家のお嬢さんが、こんな冴えない男と結婚なんて……ってゆーか、ずっと訊きたかったんだけど、どうして僕みたいなのと付き合ってるわけ？」

　我ながら卑屈なことを口走ってしまった、と言った瞬間、後悔した。満智子は怒らなかった。悲しそうな顔もしなかった。ただ微笑を浮かべて、ポツリとこう言った。

「裏切りそうにないけん……」

「裏切る？」

「うちな、裏切らん人がよかとよ。うちのお父しゃん、商売はうまかと。着物売って、天神の真ん中にビル建てよったけんね。ばってん、女癖がようのうて、お母しゃん泣かされてばかりいた。やけん……だいたい、あんたうちと結婚せえへんでどげんすると？　処女と童貞できびられて、お互い裏切らんで一生を終えるって、ばりロマンチックやなか……はっ？　なんで笑いよーと？」

誠一郎はたしかに、クスクスと笑っていた。

「そうか……裏切りそうにないか……そうだよな……僕もそう思う」

三年以上付き合ってきて、初めて合点がいった。なるほど、浮気だけはしない自信がある。真面目さを誇りたいわけでも、モテない自慢をしたいわけでもない。満智子さえいてくれれば、女はもう充分だと思うだけだ。

そんなに美人ではないけれど、彼女とはとても相性がいい。話していても気が楽だし、食べ物の好みも合うし、セックスだってするたびによくなっていく。板場の兄さんの中には女遊びが好きな者も多く、しばしば風俗へ行こうと誘いの声をかけられるけれど、満智子にバレたときのことを考えると、あまりの怖さに気の迷いも起きなかった。彼女を怒らせることが怖いのではなく、彼女を失うのが怖かった。

かくしてふたりは結婚し、満智子の親に借り受けた資金で浅草に小さな割烹料理屋を出した。浅草といっても観光客がごった返している賑やかなところではなく、浅草寺の裏手にある通称「観音裏」——地元の人間しか足を運ばない小規模な店が集まっている場所なのだが、旧花街だけあって街並みに情緒があり、芸者衆の稽古場である見番から三味線の音が聞こえてきたりするので、「粋やなかか」と満智子はすぐに気に入ったようだった。

カウンター席が十あるだけの、本当に小さな割烹だった。界隈に知りあいもいなかったので、客がやってきてくれるのか不安な船出となったが、営業初日には、そんな不安が吹っ飛ぶような出来事が起こった。

誠一郎が厨房を担当し、満智子が接客を担当するというのは、当初から決まっていたことだった。自分にできる精いっぱいの仕事をしようと料理の下準備に余念がなかったせいもあり、誠一郎は満智子についてあまり気にとめていなかった。十席だけの店なら最悪自分ひとりでもまわせるはずなので、暇なときの話し相手にでもなってくれればいいなどと、軽く考えていた。

借りた物件は建坪二十坪ほどの古い一軒家で、一階が店舗、二階が住居になっていた。満智子は営業開始の五時近くになっても、なかなか下におりてこなかった。ようやくおりてきた姿を見て、度肝を抜かれた。

銀鼠色の着物を着ていた。さすが呉服屋の娘、と唸ってしまうような完璧な着こなしだった。築地の老舗料亭には銀座のホステスがよくやってきていたが、彼女たちのように無駄な華美さがあるのではなく、まだ二十四歳とは思えない風格のある上品さをたたえていた。

着物のせいだけではなかった。髪をアップにまとめ、トレードマークの太眉(ふとまゆ)が細く整えられていた。誠一郎はこのとき、満智子が本気で化粧をした姿を初めて見たのである。

結婚式をあげていれば、おそらく白無垢姿(しろむくすがた)の彼女に対して似たような感想を抱いたことだろう。物件探しや開業準備に追われていたので、挙式もハネムーンも保留にしたままだった。

着物を着て化粧をした満智子は、そんなに美人じゃないなどと口が裂けても言えないような、凄(すご)みのある美人だった。色白の細面(ほそおもて)で、首も細くて長い。切れ長の眼に筋の通った高い鼻も美しかったが、なんと言っても小さくて薄い唇がたまらなく女らしかった。

「夫婦揃(そろ)って、てれっとしとったっちゃ、誰も来てくれんやろ。ちょっと営業してくるけん」

そう言って、満智子は店から出ていった。近所の酒場に挨拶(あいさつ)まわりをしていたらしい。一杯飲んで名刺を渡してきただけだというが、博多弁のすごい美人が現れたと界隈で噂(うわさ)が噂を呼び、ふたりで始めた〈割烹たなか〉は、あっという間に常時満席の人気店になっていった。

「ひどいじゃないか……」

一度だけ、拗ねたような愚痴をこぼしたことがある。

「僕の前じゃ一度だって化粧なんてしたことなかったくせに……あんまり綺麗でびっくりしたよ」

店を看板にしたあとだった。誠一郎は厨房の片付けをしていて、満智子は少し飲みすぎたらしく、カウンター席に座ってぼんやり頬杖をついていた。

「よかやんか、嫁は綺麗かほうが……うちはあんたんもんやけん、嫉妬したっちゃ意味なかばい……」

言いつつも、彼女も悦に入っていた。本人が思っていた以上に、酒場まわり作戦がうまくいったからだろう。

「でも見直したな……惚れ直したというか……ハハッ、ガラにもないこと言っちゃった……」

「なら、こん格好で抱けばよかやんか……ばってんうち、呉服屋ん娘やけんね。着物汚されたら、ばりはらかくけんね。顔引っ掻いてしまうかもしれん」

顔を引っ掻かれるわけにはいかなかったので、襦袢姿になってもらってから、丁重に抱いた。興奮したし、若かった。明け方まで三度も続けてしまい、満智子に呆(あき)れられた。

楽しかった。けれども、楽しい日々は一年ほどしか続かず、ある日、自転車で買い物に行った彼女は、トラックに轢(ひ)かれて帰らぬ人となってしまった。

2

もう四半世紀も前の話だ。

時間というのはありがたいもので、月日が経(た)つにつれて悲しみは少しずつ薄れていったけれど、同時に楽しい記憶も薄れていき、四十歳を過ぎたあたりから、満智子と結婚していた幸福な日々はまぼろしだったのではないかと思うことすらあった。

ただ、このところ満智子がよく夢枕に立つのである。

理由ははっきりしている。

齢(よわい)五十にもなって、恋をしてしまったからだった。

最愛の妻を失った誠一郎は、いままでずっと独身を通し、仕事にだけ精進してきた。おかげで、夫婦で始めた観音裏の〈割烹たなか〉は繁盛(はんじょう)し、満智子の親に開業資金もきっちり返済できた。

「いつまでも独り身でいるんな、つらかじゃなかですか。満智子んことならもうよかけん、そろそろご自分の幸せを考えてもよかとじゃないですか」

七回忌のときに、満智子の父親に言われた。それでも誠一郎は、再婚する気にはなれなかった。満智子は自分を「決して裏切らない男」と見込んで、処女を捧げてくれ、嫁にまで来てくれたのである。となれば、満智子ひとりしか女を知らないまま棺桶に入るのが当然の義務であろうし、そもそも満智子より愛せる女と出会えるとも思えなかった。

しかし……。

人生は往生際までわからない。

五十路にして出会ってしまったのである。思い出だけを残して夭逝してしまった最愛の妻と同じくらい、愛することができそうな女に……。

仏壇に手を合わせていた誠一郎は、ふうっとひとつ息を吐きだしてから立ちあがった。ギシギシと音がする急な階段をおりて、一階の店に顔を出した。

「あっ……」

着物の上に割烹着を着た女が、こちらを見た。カウンターの拭き掃除をしていた手をとめて笑った。笑うと右側の頬にえくぼができる。

女の名前は志乃ぶ、一年ほど前からアルバイトとして店を手伝ってもらっている。

「よく眠ってましたね？」

「……起こしてくれればよかったのに」

「誠一郎さん、笑いながら寝てたんですよ。なんだかすごく楽しそうで……いい夢を見てるんだろうと思って、起こせなかったんです」

「……そう」

誠一郎は苦笑して前掛けを着けた。カウンターに入る前に志乃ぶとすれ違った。彼女の右頬に、またえくぼができた。

「お線香の匂いがします」

まぶしげに眼を細めてささやく。

「誠一郎さんの奥さまは本当に幸せですね。亡くなってからも、とっても愛されてて……」

「いやあ、ただの習慣ですよ……」

言ってから、胸がチクリと痛んだ。誰かに同じことを言われても、同じように答えただろう。いまも胸に残る満智子への熱い思いを、他人に吐露しようと思ったことはない。

しかし、相手が志乃ぶだと後ろめたさを感じてしまう。やましい気持ちを隠しているような気がしてしまう。

志乃ぶは三十八歳――もう熟女と言っていい年ごろなのに、くりくりした大きな眼に夢見る少女のような可憐さを宿していた。性格は控えめでおとなしく、いつも穏やかな笑みを浮かべている癒やし系の女……。

一年前、ぎっくり腰を患ってしまった誠一郎は、臨時のアルバイトを募集した。店の扉に貼り紙をしておいたところ、やってきたのが志乃ぶだった。毛先の乱れが目立つ髪にも、毛玉だらけのセーターにも、訳ありな感じを漂わせていた。着の身着のままどこかから逃げてきたような……。

「実は……静岡の親戚の家に居候していたんですけど、そこの息子さんが結婚することになりまして。奥さんも同居するっていうから、わたしがいるとその……小姑みたいになっちゃいそうで悪いから……」

志乃ぶは言葉を選んで言っていたが、要するに厄介払いされたようだった。気の毒な話ではあるが、誠一郎が求めていたのは若い男だった。ぎっくり腰を患っているのだから、重いものを持ってもらわなければならない。しかも、雇うのはあくまで臨時であり、暇をもてあましている大学生がちょっとした小遣い稼ぎで働いてくれることを期待していたのだ。

「浅草に誰か知りあいはいるんですか？」

「いいえ」

志乃ぶはきっぱりと首を横に振った。

「一度、浅草寺にお参りしてみたかったんです。おみくじを引いたら大吉だったんで、幸先いいなと思ってこっちに歩いてきたら、街並みがとっても素敵な雰囲気だったんで……」

「うちの貼り紙を見て飛びこんできたと？」

「はい」

志乃ぶがまたきっぱりとうなずいたので、誠一郎は唸った。いい歳して計画性がない女だな、と思った。散歩中に貼り紙を見て飛びこんできたのだから、履歴書も当然のように用意していなかった。

「いままで仕事はなにをしてたの？」

「……したことがありません」

気まずげな上目遣いを向けてきた。

「じゃあどうやって食べてたわけ？」

「結婚してたときは専業主婦でしたし……離婚してからは……親に仕送りを受けたりして……でも、そういうのいい加減やめなきゃって……自立するために頑張って働くつもりです！」

　バツイチなのか、と誠一郎は胸底で溜息をついた。訳ありムードもいよいよ濃厚になってきた。

　しかし、浅草寺のおみくじで大吉を引いたとなると、幸運な星の下に生まれた可能性はある。あそこのおみくじは凶ばかりが出るので有名なのだ。実際の確率はわからないけれど、誠一郎など何十回引いてもせいぜい中吉しか出たことがない。

「でも、静岡から出てきたばかりじゃ、当然住むところも決まってないんですよね？」

「先に仕事を決めないと、アパートなんて借りられないですよ」

　志乃ぶはニコニコ笑っていた。異常な楽天家なのか、あるいは馬鹿なのか、誠一郎には判断できなかった。ただ、可愛いな、とは思ってしまった。気がつけば、右頰のえくぼに視線を奪われていた。

自分が断った場合、他に働き口があるだろうかと心配になった。四十路も近い年齢、キャリアもない、どう見ても世間知らず、という三重苦。小料理屋ならなんとかなると思っているようだが、かといってスナックなどのハードな水商売に耐えられるほどメンタルが強そうにも見えない。

迷いに迷ったあげく、雇うことにした。店の常連である不動産屋に頭をさげ、近所に安いアパートも確保した。家賃を半額補助すると言うと、志乃ぶは手を叩いて喜んでいた。

〈割烹たなか〉の経営は堅調だった。ほとんどが常連客で連日満席になっているので、人ひとり養うくらいの余裕はあった。

とはいえ、最初のころは大変だった。志乃ぶはこちらがいちいち指示をしなくても、黙々と店中を掃除してまわるような女だった。見込みがありそうな気がして、誠一郎は心の中でガッツポーズをとった。行き届いた掃除は飲食店の基本中の基本だと、追いまわし時代に叩きこまれていたからだ。

ところが志乃ぶは、極端な恥ずかしがり屋で接客が得意ではなかった。客に話しかけられても尻込みしてしまい、いい歳をしてもじもじしている。うまく客あしらいできない自分が悔しかったのだろう、こっそり涙を拭っているのを見たのも一度や二度ではない。

誠一郎は頭を抱えそうになった。しかし〈割烹たなか〉の常連客は酒場通いに慣れた年配の男性客ばかりなので、恥ずかしがり屋の熟女キャラがかえってウケた。志乃ぶ目当ての客が増え、店の経営はますます堅調になった。

世の中、なにが幸いするか本当にわからない。

3

三カ月、半年、と経験を重ねるほどに、志乃ぶは接客の仕事に慣れていった。相変わらずもじもじしているものの、常連客と軽口を交(か)わせるようになり、誠一郎は料理に専念できて助かった。

となると、ハッピーエンドに聞こえるだろう。危なっかしい家出おばさんふうだった志乃ぶは無事東京で自立でき、志乃ぶの出現で晩酌(ばんしゃく)の時間の楽しみが増えたという常連客は少なくなく、誠一郎の負担も多少は減った。志乃ぶの接客にハラハラしたり、それが逆に常連客に受け入れられてホッとしたりしているうちに、腰痛さえどこかに吹き飛んでしまった。

それだけならよかったのだが……。

それだけなら……。

誠一郎はいつからか、仕事中でも志乃ぶのことが気になってしかたがなくなっていた。最初はもちろん、業務が滞(とどこお)りないか注視していたわけだが、彼女が接客に慣れてからも、気がつけば意識していた。店の従業員としてではなく、異性としてはっきり意識するようになったのは、この三カ月くらいだろうか。

ある日、洗濯機が壊れた。十年以上使っている古いタイプなうえ、外に置いていたので限界だったのだが、家電量販店に新しいものを買いにいこうとすると、志乃ぶにとめられた。

「うちに買ったばかりの洗濯機がありますから。洗濯ならまかせてください」

「いやいや……」

誠一郎は苦笑して頭をかいた。彼女は店の従業員であって、家政婦ではない。布巾(ふきん)やダスターならともかく、下着の洗濯までさせていいわけがない。そう説明し、きっぱりと断ったにもかかわらず、志乃ぶは誠一郎の汚れ物を紙袋に入れ、自宅に持って帰ってしまった。

既視感(きしかん)のある出来事だった。結婚前の満智子も、週末になると誠一郎のひとり暮らしのアパートにやってきて、大きなバッグに汚れ物を全部押しこんで持って帰っていた。

いささか照れたし、恥ずかしくもあったが、「遠慮せんでよかとばい」とカラカラ笑っている満智子はひとつ年上の姉さん女房タイプであり、なにより肉体関係のある恋人同士だった。

一方の志乃ぶは店の従業員で、ひとまわりも年下。もちろん、恋人同士でもなんでもない。おまけにかなりの恥ずかしがり屋だから、百歩譲って洗濯してもらえるのはありがたくても、恥ずかしそうにうつむいて汚れ物を回収しては、やはり恥ずかしそうに洗濯済みの衣服を畳(たた)んで簞笥(たんす)にしまってくれるから、異常に空気が気まずくなる。

しかも、洗濯物をきっかけに、彼女は誠一郎のプライベートにじわじわと入りこんでくるようになった。二階の住居スペースまで掃除してくれるようになり、布団を干したり、衣替(ころもが)えの手伝いをしてくれたり……。

「そこまでしてもらうのは申し訳ないから、二階のことは放っておいてくれよ」

誠一郎は弱りきった顔で言った。

「好きでやってることですから、気にしないでください」

「いや、気になるでしょう」

「わたし、誠一郎さんが好きなんです」

言った瞬間、志乃ぶは顔を真っ赤にしてうつむき、誠一郎の顔も燃えるように熱くなった。一連の行動はつまり、志乃ぶの好意の発露だったわけだ。

戸惑うしかなかった。

客に酌を求められてこっそり泣いていたこともあるくらいなのに、ずいぶんと大胆なところがあるものだと思った。おまけに、好意は彼女の一方通行ではなかった。誠一郎もまた彼女に好意を寄せ、一度食事に誘ってみようとか、浅草以外の東京案内をしてやったらどうだろうなどと、そんなことばかり考えていたのである。

とはいえ、雇用主が従業員をデートに誘ったりするのは、昨今ではパワハラに該当する恐れがある。せこい権力を振りかざす人間にだけはなりたくなかったし、誠一郎には亡くした満智子に対する強い思いもある。なにより、五十路にまでなって惚れた腫れたで舞いあがるのは、さすがにどうかと思う。

それでも、志乃ぶに対する思いは日に日に強くなっていき、悶え苦しむばかりだった。

志乃ぶを抱きたいわけではない。そこまで図々しい人間ではない。店を閉めたあと、ちょっと近所で一杯飲むくらいなら許されるんじゃないかと思っても、誘う勇気が出てこない。

志乃ぶは「好き」と言ってくれたけれど、あれは人として好きだという意味であり、異性として意識しているわけではない、という可能性だってある。意識していないからこそ、汚れた下着を洗濯しても平気である、という感覚だってあるかもしれず、恋愛経験が極端に少ない誠一郎には、そのあたりの判断がまったくできなかった。

しかし……。

三日前に決定的な出来事が起こってしまった。

志乃ぶはけっこう酔っていた。普段なら客に酌をすることはあっても、客の隣に座って飲むことはない。そんなホステスのような真似は絶対にさせないのだが、相手が仲のいいご隠居で、他の客も帰ってしまったから、志乃ぶは閉店までの小一時間ほど、カウンター席で飲んでいた。

そのご隠居に、志乃ぶはずいぶんとお世話になっていた。働きはじめたころ、セーターの上に割烹着を着て働いていたところ、

「それじゃあ、格好がつかんだろう。うちのやつのお下がりでいいなら、取りに

きなさい」

と奥方の着物を十着近くも譲ってもらったのである。ポリエステル製の安物ではなく、どれも正絹の高級品だった。何度か通って、奥方に着付けまで教わった。ありがたい話だった。ご隠居は下心があるようなタイプではないので、誠一郎も心から感謝し、志乃ぶと差しつ差されつ熱燗を飲んでいる彼の姿を見て、眼を細めていた。

ご隠居が帰ったあとのことだ。誠一郎がスタンド看板を片づけて戻ってくると、止まり木から立ちあがった志乃ぶがよろめいた。ちょうど後ろを通りかかった誠一郎の胸に、もたれかかってきた。

「どっ、どうしたんだい？　飲みすぎた？」

焦る誠一郎に、志乃ぶはじっとりと恨みがましい上目遣いを向けてきた。もたれかかった体を離そうとしなかった。酔っているのは間違いなかったが、飲みすぎて気持ちが悪くなったとか、そういうわけではなさそうだった。

「誠一郎さん、わたしのことどう思ってるんですか？」

「えっ？　なに言いだすんだよ藪から棒に。よく働いてもらってありがたいと思ってるよ」

「それだけ？」

「いや、その……」

「ご隠居さんに言われたんです。『心に決めてる人はいるのかい？』って。『もしいないなら、いい男を探してやってもいい』って。『いつまでも独身のままじゃいられないだろうから』って……」

「そっ、そんな込みいった話をしてたのかい？」

志乃ぶは恨みがましい眼を向けながら、コクンとうなずいた。

「わたし、そんな人いません、って答えましたけど……答えましたけど……ううっ……」

嗚咽がこみあげてきたせいか、志乃ぶは急に正気に戻り、誠一郎から離れてカウンターに両手をついた。こちらに背中を向け、肩を震わせている。

「やだもう、わたし……変なことしちゃって……ごめんなさい……」

「いや、べつに……酔ってよろけただけじゃないか……」

言いつつも、誠一郎は志乃ぶの抱き心地の余韻を嚙みしめていた。着物と割烹着に包まれた体はふくよかで、裸になったらさぞや色っぽいだろうなと思った。

もちろん、そんな気持ちはすぐに振り払った。興奮しておかしな言動をとったりしたら、取り返しのつかないことになる。

志乃ぶがゆっくりと振り返った。

「笑っちゃいますよね？」

「えっ？」

「いい歳してあんまり奥手で、笑っちゃいません？」

「いっ、いや、べつに……」

こわばりきった顔で返した誠一郎は、とにかく話題を変えたかった。このまま志乃ぶのペースで会話していると、窮地に追いこまれそうな気がしてならなかったが、別の話題はまったく思い浮かばず、それどころか頭の中が真っ白になってしまっている。

「わたし、恋愛に異常に疎いんです……」

志乃ぶはこちらに体を向け、問わず語りに言葉を継いだ。

「子供のころからそうだったな……男の子が側に来るだけで顔を真っ赤にしちゃうような女の子で……興味がないわけじゃないんですよ。少女漫画が大好きで、少女漫画のテーマはたいていロマンチックな恋愛じゃないですか……でも、現実には……付き合ったことがあるのも、別れた夫ひとりだけだし……離婚してもう五年以上経つのに、新しい恋愛とか全然できないし……」

一歩、二歩、と近づいてくる。アルコールの香りを含んだ甘い吐息が、鼻先でゆらりと揺れる。

「こんなつまらない女、相手にしたくないですか？」

いまにも泣きだしそうな顔で志乃ぶは言った。彼女に負けず劣らず恋愛に疎い誠一郎でも、その顔に「抱いて」と書いてあるのがはっきりわかった。どこをどう考えても、ここは思いきり抱きしめてやる場面だった。好きではないのならともかく、好きなのだから……。

しかし、誠一郎の体は金縛りに遭ったように動かなかった。四半世紀前に亡くした愛妻のことが頭をかすめたからではない。そうではなく、抱きしめたあとの展開を考えてしまったからだった。

恋愛の経験値で言えば、お互いにせいぜいませた高校生くらいかもしれない。しかし、事実としては五十歳と三十八歳で、充分に大人である。大人の男と女は、ただ抱きしめあうだけでは終われない。抱きしめておいてその先に進まないのは、かえって失礼にあたる。大人の男なら愛情を態度で示さなければならず、大人の女もそれを望んでいる。

つまり、抱きしめた次はキス。そしてキスの次は……。

身震いが起こった。セックスなんて、満智子がいなくなってからしていないのだ。つまり、最後にしたのが二十五年前なのである。大げさではなく、やり方を忘れてしまっていた。

「誠一郎さん！」

胸に飛びこんでこようとした志乃ぶを、反射的に突き飛ばしてしまった。志乃ぶは倒れなかったが、よろめいてカウンターに手をついた。

「すっ、すまない……キミの気持ちは痛いほどわかるんだ。僕も……僕だって同じ気持ちなんだよ……でも、ちょっと待ってくれないか……キミが酔っているのをいいことに、どさくさにまぎれて抱くようなことはしたくないんだ……しっ、真剣に好きなんだ……その気持ちを大事にしたいし、それ以上にキミのことをぞんざいに扱いたくない……」

志乃ぶはカウンターに両手をついたまま、振り返った。眼が据わっていた。

「待てばいいんですね？」

「……ああ」

「どれくらい？」

「そんなに長く……じゃない……と思う……」

「わかりました」

志乃ぶは居住まいを正すと、割烹着を脱いだ。

「わたし、待ってますから」

視線と視線がぶつかった。志乃ぶの眼つきからは、並々ならぬ決意が伝わってきた。誠一郎が眼をそらすと、ふうっと深い溜息をひとつついてから、草履の音を重々しく響かせて店から出ていった。

4

それから三日間、誠一郎は針のむしろに座らされている気分で過ごしている。

志乃ぶはいつも通りに働いてくれ、あの夜のやりとりなどなかったかのように振る舞っているが、内心穏やかでないのは間違いない。

お互いに好きだと言いあっているのに、なんの進展もなかった――女の立場からすれば、ひどくみじめなのではないだろうか。わたしには女としての魅力がないの？　ときっと思っている。下手をすれば、恥をかかされたと傷ついているかもしれない。

恥をかかせたのは、誠一郎だった。彼女のせいではなく、悪いのは自分だという自覚はあった。五十歳という年齢、亡くした愛妻に対する後ろめたさ、そういったものをいったん脇に置いたとしても、セックスが怖くて抱きしめてやることができなかったのだから……。

荒療治の必要があった。このままいつまでも待たせていては、約束を守れない最低の人間として軽蔑されるだろう。

その日、午後十一時半には客が誰もいなくなったので、店を閉めることにした。営業時間はいちおう午前零時までで、常連客であれば、その寸前に入ってきても一時間程度は開けておくのだが、志乃ぶを帰らせ、誠一郎も店を飛びだした。向かった先は銭湯だ。家にも小さな風呂があるが、下町名物である四十六度の茹だりそうな湯に真っ赤になるまで浸かり、体を隅々まで清めた。

風呂道具を持ったままスナック〈ひとみ〉のドアを開けたのは、風呂帰りの清潔な体をアピールするためでもあった。

店に入るなり、「ラブ・イズ・オーヴァー」を熱唱する歌声が耳に飛びこんできた。小さなステージに立ち、髪を振り乱して往年の失恋ソングを歌いあげているのは、店のママである仁美だ。

観音裏で三本の指に入る美人ママとして知られ、四十路にして高校生の娘がいるシングルマザーとは思えないほどの華やかさがある。古いタイプの美人というか、昭和の時代の女優や歌手みたいというか、眼鼻立ちが端整すぎてちょっとくどいのだが、美人であることに異論を唱（とな）える向きは少ないだろう。

店の場所が〈割烹たなか〉の真裏であることから、誠一郎と仁美には十年来の親交があった。毎日店のお通しを提供するかわりに、いつ来ても二千円ポッキリで好きなだけ飲ませてくれることになっている。志乃ぶが店を手伝ってくれるようになる前は、よく来ていた。

「いらっしゃいませー」

空いていたボックス席に腰をおろすと、チーママの静香（しずか）が瓶ビールをお盆に載せて運んできた。風呂道具を持ってきたときは、一杯目はビールに決まっている。付き合いが長いと、注文の手間が省（はぶ）けていい。

「誠さーん、このところお見限りじゃないですかぁー」

しなをつくって酌をしてくれた静香は、〈ひとみ〉でいちばんの綺麗どころだ。年は三十前後、紫色のドレスがよく似合うモデル系の美女。銀座や六本木（ろっぽんぎ）でも通用しそうなのに、仁美ママを慕（した）って観音裏から動こうとしない。彼女とも、もう七、八年の付き合いになる。

「寄る年波には勝てなくてね。前ほど酒が入らなくなった」

誠一郎は苦笑しながら答えた。嘘ではなかったが、風呂上がりの体に冷えたビールを流しこむと、くぅ〜と唸ってしまった。我ながら言動が一致していないと反省する。

「それにしても、なんだいあれは？」

ステージを見て、誠一郎は顔をしかめた。「ラブ・イズ・オーヴァー」は仁美ママの十八番(おはこ)だが、見たこともないほどミニ丈(たけ)の白いドレスを着ていた。太腿(ふともも)がほとんど全部剝(む)きだしなうえ、体にぴったりと張りついているようなボディコンじみたデザインで、乳房や尻の丸みがこれでもかと強調されている。

「ママはさすがですよ」

静香は神妙な顔でうなずくと、誠一郎にそっと耳打ちしてきた。

「太客のお坊さんが来てるんです。久しぶりなんですけど、予約の電話を受けたら、すかさず二階に行って着替えましたからね」

「今戸(いまど)のエロ坊主か」

誠一郎は酸っぱい顔になった。観音裏では有名なスケベジジイだった。古稀(こき)を過ぎても煩悩がおさまる気配がなく、各所で女の尻を追いまわしている。一時は、ずいぶんと仁美にご執心だった。

店内を見渡すと、虹色のライトを浴びた坊主の後頭部が見えた。見事な禿げっぷりからも精力絶倫ぶりがうかがえる気がして、溜息がもれる。

あいつにも抱かれてるんだろうな……。

華やかな美貌を誇り、女らしさを売り物にしていても、実のところ、中身が男らしいのが仁美という女だった。よく言えば気っ風がよく、豪快な姐御肌。誠一郎など足元にも及ばない闘志を燃やして、この店を切り盛りしている。

「わたしはね、女手ひとつで娘を育てなきゃいけないの。わたしを信じてついてきてくれた女の子たちだって、絶対に守らなくちゃならない。そのためなら、なんでもする。そう覚悟を決めてこのお店を出したんだから……」

十年前に知りあったころ、仁美はよくそういうことを言っていた。なんでもする、というのは、枕営業も辞さないという意味だと誠一郎は受けとった。当時三十歳そこそこだった彼女は、いまよりも輪をかけて美しく、それこそ宝石のように輝いていたので、誠一郎はびっくりした。

「あんまり自分を安売りしないほうがいいんじゃないの……」

呆れた顔で言ったが、

「誰が安売りなんてするもんですか。思いきり高く売りつけてやる」

仁美はまなじりを決して言い返してくると、ふっと笑った。

「でも、結局はそういうことが好きなんでしょうねえ。男はもういらない。再婚なんてとんでもないし、恋愛だってしたくないけど、エッチはね……三日もしないと死んじゃうんじゃないかな。軽蔑する？　好き者、やりまん、淫乱、いろんなこと言われてきたけど、事実だから反論する気も起こらない。そういう女なんですよ、わ・た・し」

堂々と胸を張って発展家であることを公言する仁美に、誠一郎は圧倒された。恐ろしい女だと思ったが、性格は気さくで、一緒に飲んでいて楽しい相手だった。禁欲的な独身生活をしていた誠一郎にとって、プライベートにおける唯一のオアシスだったと言ってもいい。

「出たな！　朴念仁！」

カラオケを歌いおえた仁美が、笑顔をテラテラと輝かせながら隣に座った。尻がでかいのでソファが揺れる。

「誠さんが来てくれたなら、今日はわたし飲んじゃうよ。がっつり飲めるんでしよう？　ＮＯとは言わせないけど」

すでに泥酔（でいすい）している仁美は早口で言ってから、耳元でコソッとささやいた。

「エロ坊主、もうすぐ帰るから」

「のんびり待たせてもらうから気にしないでくれ。あとでちょっと相談したいことがあるからさ」

「えっ……」

仁美の顔がひきつった。

「誠さんがわたしに相談？　やーだー、こーわーいー」

「心配しなくても金の話じゃない」

「なによー、他ならぬ誠さんの頼みなら、お金の工面でも、連帯保証人でも相談に乗るわよ」

「いや、それは間に合ってる」

「じゃあなに？」

「あとでいいよ」

「なんなの？　気になるじゃない」

「ふたりきりで話したいんだ」

「誠さんがわたしとふたりきりで？」

仁美はいよいよ顔をひきつらせ、凍(こご)えるような仕草をしながら立ちあがった。

「怖い怖い怖い。本当に怖いんですけど。みなさーん、今夜はこれから土砂降りの雨になりそうなんで、早く帰ったほうがいいですよー」

客やホステスに声をかけながら、坊主の席に戻っていった。

雨は降らなかったが、十五分もすると店は誠一郎と仁美のふたりきりになった。仁美がそれとなく人払いをしてくれたのだ。待つと言っているのだからそんな気を使わなくていいのに、と誠一郎は思ったが、さすがに口には出せなかった。ありがとうと言うことも、照れくさくてできなかったが……。

音楽が消されると、店の中が急にガランとして感じられた。静寂が耳に痛いくらいだった。

「それでなに？」

仁美はカウンターの中で洗い物をしながら訊(たず)ねてきた。先ほどより、声のトーンが二オクターブも落ちている。普段の彼女は声が低い。魅惑の低音ヴォイスと本人は得意げだが、喉(のど)が酒焼けで嗄(か)れてしまっただけだろう。

「誠さんがわたしに相談なんて、よっぽどのことでしょ？」

「まあ……そうかな……」

誠一郎もカウンター席に移動していた。最初に出してもらったビールはもうぬるくなっていたけれど、チビチビ飲んでいた。酔ってしまうのは、いろいろな意味でまずいと思ったからだった。

「ひーちゃんが、知りあいの中でいちばん色恋には詳しそうだからさ」

「色恋？　まさかのテーマなんですけど」

仁美は洗い物をやめて手を拭い、目顔で先をうながしてきた。誠一郎は太い息を吐きだしてから、言った。

「好きな人ができたんだ」

「誰？」

「志乃ぶちゃん」

「へええ……」

「向こうもこっちを好きらしい」

「おのろけ話を聞けっていうなら……」

仁美は苦笑まじりに頭をかいた。

「いつもの二千円ポッキリは通用しないわよ。そのビール、一本一万円ね」

「べつにのろけたいわけじゃない」

誠一郎は首を横に振った。喉が渇いてしようがないので、ぬるくなったビールをチビリとひと口飲む。

「じゃあなに？」

「いままで、愛しているのは死んだ妻だけだと思ってた。亡くなってもう二十五年になるけど、他の女と付き合ったことはない」

「亡くなった奥さんについてものろけたいわけ？」

「違うんだって。二十五年も色恋から離れてたおかげで……なんていうか、その……やり方がわからなくなっちゃってさ」

「恋のやり方？」

「それもあるけど、もっとはっきり言えば……」

「セックス？」

誠一郎は黙したままうなずいた。仁美の顔からは表情が抜け落ち、死んだ魚のような眼になっている。

誠一郎はわざとらしいほど明るい声で言った。

「なんていうか、ほら……流行(はや)りの言葉で言えばセカンド童貞っていうかさ」

「流行ってないでしょ」

「だって『セカンドバージン』っていうドラマがあったじゃないか。処女にセカンドがあって童貞にないのは差別だ」

「わたしにどうしろっていうのよ？」

「エキスパートなんだよね？」

「はっ？」

「エッチが好きで好きでしょうがないって、よく言ってるじゃないか。三日もしないと死んじゃうとか」

「まさか……志乃ぶちゃんを抱くための、練習台になれっていうんじゃないでしょうね？」

「ダメか？」

誠一郎はカウンターに身を乗りだした。

「こんなこと、他に頼める相手いないんだ。もちろん、お礼はする。高いボトルを何本か入れたっていい……」

「……ソープでも行けば」

仁美は吐き捨てるように言った。観音裏から吉原のソープランド街までは、歩いて五分とかからない。

「苦手なんだよ、ああいうところは。お金出してセックスするとか……もちろん、いままで行ったこともないしさ」

「でも、わたしにはお金出すからセックスさせろって言ってるよ」

「それは、いままで築きあげた人間関係あってのことじゃないか。お金はあくまでお礼というか、誠意であって……」

「他にもあたってみた？」

「頼めるわけないだろ、こんなこと」

「わたしには頼めるのね？」

「だって、エッチが好きなんだろう？　エロ坊主に枕営業してるくらいなんだから、こっちにだってしてくれても……わかった。今日あいつが払ったのと同じ額、お礼に払う」

仁美は天を仰ぐように上を向いた。それから、右を見て、左を見て、最後に下を向いた。

「お勘定、七万八千円だったけど、十万円くれてお釣りはいらないって。あと、女の子五人に、それぞれタクシー代って一万円ずつ渡してた」

「……十五万か」

坊主ばかりが丸儲けしているこの社会は間違っていると思ったが、そんなことはどうだっていい。

「わかった、払おう」

誠一郎は覚悟を決めた。

「こっちも切羽つまってるんだ……十五万ですべて解決するなら……」

体が小刻みに震えだした。相手がエキスパートとはいえ、いよいよ二十五年ぶりにセックスをするのかと思うと、怖いくらいに鼓動が乱れた。

5

誠一郎の家と仁美の家の造りはよく似ていた。一階が店舗で、狭い階段をのぼった二階が住居スペース。築年数や建坪も似たようなものだろう。

仁美は以前、近所のマンションに住んでいたのだが、娘が高校に進学し、バレー部の寮に入ったので、半年ほど前から店の上でひとり暮らしをしている。

誠一郎が彼女のプライベート空間に足を踏み入れるのは、もちろん初めてだった。ギシギシと軋む階段を一歩のぼるごとに、ドクンッ、ドクンッ、と心臓が跳ねあがった。

二階に部屋はふたつあり、ひとつがリビングで、もうひとつが寝室のようだった。仁美が扉を開けたのは寝室のほうだ。オレンジ色の照明が灯ると、ひとり用にしてはやけに大きなベッドが眼に飛びこんできた。

「ダブルベッドで寝てるんだ……」

誠一郎がボソッと言うと、

「クイーンサイズよ。ダブルよりも大きい……」

仁美は眼を合わさずに答えた。

発展家の面目躍如だということだろうか。つまりここは、ただ睡眠をとる場所ではなく、男と一緒に淫らな汗をかくための秘めやかな空間なのだろう。娘も手を離れたことだし、ますますお盛ん……ベッドがやたらと大きいのは、のびのびとセックスするため……。

にわかに息苦しくなってきた。

最近飲みにくるのはご無沙汰しているけれど、仁美とはこの十年間、ほとんど毎日顔を合わせている。〈ひとみ〉の営業時間が八時からなので、七時くらいには〈割烹たなか〉にやってきて、誠一郎が用意したお通しを持っていく。気が向けばカウンター席に座り、一杯飲んでいくこともある。

いつ見ても綺麗な女だったが、彼女がセックスしているところを想像したことはない。想像すると顔を見るのも照れてしまいそうで、そこはきっちりと自制心を働かせていた。

しかしいま、巨大なベッドをオレンジ色の照明が照らしているだけの密室にふたりきりとなれば、想像するなというほうが無理な相談だった。

仁美はここで、どんなふうに男に抱かれているのだろうか。発展家を自称するくらいなのだから、みずから積極的に男をリードする……そうであってくれればいいと思った。なにしろこちらは二十五年ぶりに女体に触れるセカンド童貞。男らしくリードする自信などまったくない。

だが、仁美はこちらに背中を向けたまま動かないし、言葉も発しない。どういうつもりなのだろう？　体にぴったりと張りついた白いワンピースが、丸々とふくらんだヒップの形状を見せつけてくる。女らしい見事なS字カーブに、生唾(なまつば)を呑(の)みこまずにいられないが……。

「どっ、どうすればいいかな？」

　そっと声をかけると、仁美の肩がビクッと動いた。怯(おび)えているような気配を感じたが、百戦錬磨(ひゃくせんれんま)の彼女がなにに怯えているのかは見当がつかなかった。さすがに十五万は吹っかけすぎたと後悔しているのだろうか。しかし、彼女と一夜をともにできるなら、その程度の金を惜しまない男などいくらでもいそうである。

「なあ、ひーちゃん……」

「まずは！」

　仁美が遮(さえぎ)った。

「まずはハグからじゃないの？」

　魅惑の低音ヴォイスが、滑稽(こっけい)なほど上ずっていた。緊張が生々しく伝わってきて、誠一郎もますます緊張した。百戦錬磨の彼女でも、初めての相手とセックスするのは緊張するものなのだろうか。セックスとはそれほどまでに恐ろしい、自分をさらけだす行為なのか……。

　記憶が蘇(よみがえ)ってきた。そういえば、満智子とセックスするときも、いつだって緊張していた。恋人時代はもちろん、結婚してからもそうだった。始まってしまえばゴールを目指して力を合わせるだけなのだが、始めるきっかけが最後までうまくつかめなかった。

若い誠一郎は毎晩でも彼女を抱きたかった。ひとつ屋根の下で暮らせばその夢は叶えられるはずだったが、昨日もしたし一昨日もしたという状況では、誘うのに根性が必要だった。根性なしの誠一郎は、新妻に対してさえ三日に一度は遠慮して、悶々とした夜を過ごしていたのである。

いや、そんなことより、いまは目の前の仁美だった。せっかく練習相手を務めてくれるというのに、いつまでも放置しておくわけにはいかない。気を散らさず、彼女に集中するのだ。

両手を伸ばし、後ろからそっと抱きしめた。途端に、生々しい匂いが鼻腔に流れこんできた。仁美はいつもムスク系の香水をつけているが、それとは違う匂いだった。たぶんカラオケを熱唱して、汗をかいたのだろう。久しぶりに嗅いだ馥郁とした女の匂いに、早くも勃起しそうになってしまう。

仁美は動かなかった。誠一郎の手は彼女のお臍のあたりで交差していた。上に這わせていけば、乳房を揉める。下に這わせていけば、ワンピースの裾をまくれる。だが、勝手にそんなことをしてもいいものなのだろうか……。

「ハグの次は、なに？」

まるでリアル童貞のような口ぶりに、誠一郎は自分で自分にがっかりしたが、しかたがない。聞くは一時の恥、聞かぬは一生の恥——志乃ぶの前で男らしく振る舞うためには、今日はとことん恥をかく必要がある。

「なあ、ひーちゃん。ハグの次は……」

言葉の途中で、仁美はくるりと体を回転させ、こちらを向いた。

「キスじゃないの」

顔をそむけて彼女は言った。異様に恥ずかしそうにしていた。錯覚ではない。眼の下が真っ赤に染まっているし、長い睫毛が震えている。

「キッ、キスか……じゃあ、キスするね……いくよ……」

仁美は動かず、言葉も返してこなかった。誠一郎は腰を折って身を屈ませ、唇に唇を近づけていった。カチン、と音がした。歯がぶつかったわけではない。唇もまだ接触していない。

カチカチカチ……と鳴っているのは、仁美の歯だった。震えているのだ。次の瞬間、わっと声をあげて、仁美は泣き崩れた。両手で顔を覆い、嗚咽をもらしている。なんなんだこの展開は……。

「ひどいよ、誠さん……」

ひっ、ひっ、と泣き声をもらしながら言った。

「そりゃあね、わたしは誰とでも寝る女ですって公言してますよ。たくさん飲んでいただければ枕営業しますとか、三度のごはんよりエッチが大好きとか……でもね、そんな話を真に受けている人なんていないんだってば……店の子でもお客さんでも、誰にでも訊いてみればいい。誠さんが本気でわたしをそういう女だと思ってたなんて……ショックで気絶しそうになった……おまけにお金出すからとか……いったいなんなの？　わたし、売春婦じゃないんだよ」

「いや、あの……落ちついて……」

誠一郎もしゃがみ、肩をつかんだが、全力で振り払われた。涙眼で睨まれ、身をすくめた。

「誠さん、奥さん亡くしてから二十五年セックスしてないのよね？」

「……そうね」

「誠さんには負けるけど、わたしも離婚してから十二年、セックスしてません。そういうことが嫌いなわけじゃないけど、借金して始めたお店を軌道に乗せることで精いっぱいだった。娘だって女手ひとつで育てなきゃならなかった。それどころじゃなかったのよ」

「じゃあ、なんでエッチが大好きとか……」

「それくらいの嘘も許されないの？　わたしだって、本当はそんな女になりたいのよ。恋多き女って感じで、男から男へ自由に飛びまわる……職業柄、そう思われてたほうが色気だって出るでしょう？」

「いや、まあ、そうかもしれないけど……」

「でも実際は、男日照りでカラカラ……潤いのない暮らしをしながら、歯を食いしばって商売してるの。笑いたかったら笑えばいい。セックスのやり方なんてね、とっくに忘れて、こっちが教えてほしいくらいなの！」

床にうずくまって本格的に泣きはじめた仁美は、いくらなだめても泣くのをやめてくれなかった。むしろ、誠一郎が側にいると泣きやむタイミングがつかめないようだったので、そのままにして部屋を辞した。

「……まいったなあ」

風呂道具を持って外に出ると、珍しく星が綺麗に瞬いていた。夜空を見上げたまま、誠一郎はしばらくの間、動けなかった。満智子が天国で笑っているような気がした。

うちば裏切ろうとするけん、そげん目に遭うとばい……。

第二章　いい女を抱くために生まれてきた

1

「誠さん、ママと喧嘩したんですか？」

お通しを取りにきた静香が、厨房に入ってきて耳元でコソッと言った。

「えっ？　してないよ……」

誠一郎はとぼけた顔で答えた。雪平鍋を振って、玉こんにゃくの煮っ転がしをつくっていた。お通しを店の女の子が取りにくるのは珍しいことではないが、三日連続は初めてだった。

「だってママ、カンカンに怒ってますよ。誠さんの顔なんて、一生見たくないとかって。喧嘩の理由はなんなんです？」

「だから喧嘩なんかしてないって。ひーちゃん、虫の居所が悪いだけだろ。よくあることだよ」

「そうですかね？　わたし、ママとは七、八年の付き合いになりますけど、あんなに怒ってるの見たことないです」

「そう言われても……」

「いまのうち、ご機嫌とったほうがいいんじゃないですかねえ？」

「ご機嫌？」

誠一郎は完成した玉こんにゃくの煮っ転がしをタッパーに入れ、静香に渡した。

「どうすればご機嫌とれると思う？」

静香はにんまりと笑った。

「ママの好きな食べ物知ってます？」

「いや……」

「三位が梨で、二位が冷やしたぬき。一位は断トツでウナセンの鰻」

千束通りにある創業百年の鰻屋だ。味は絶品だが、値段も張る。

「ウナセンのお弁当を営業前に差し入れされたら、コロッと機嫌なんて直ると思いますよ。もちろん、ママのぶんだけじゃダメですからね。ママって自分だけおいしいもの食べない人だから、絶対若い子にあげちゃう。差し入れるなら人数分。六個か七個、まあ、多いぶんには困りませんから、十個くらいドーンと届けてください」

呆然としている誠一郎を残して、静香はそそくさと帰っていった。

ウナセンの鰻弁当は、特上だとたしか七千円くらいしたはずだ。それを十個となると……かといって、お詫びをかねてご機嫌をとるのに、並というのも格好がつかない……。

「どうかしましたか？」

志乃ぶが心配そうな顔で厨房に来た。

「いやいや、なんでもない……」

誠一郎は笑って誤魔化した。仁美を傷つけてしまったのは間違いないので、この際、七万円の出費は致し方ないだろう。だが、その一方で、志乃ぶは放置したままだった。仁美にセックスのやり方を思いださせてもらい、その勢いで志乃ぶを抱くという計画は頓挫したまま、時間だけが過ぎていっている。志乃ぶは志乃ぶで、じりじりしているに違いない。

とはいえ、頼みの仁美とああなってしまった以上、もはや他人をあてにはできなかった。情けなくても、格好悪くても、自分の力でなんとかするしかない。せいぜい、鰻でも食べて精力をつけるしかないだろう。

翌日の昼——。

誠一郎は仕込みが一段落したところで、千束通りのウナセンに向かった。〈割烹たなか〉からは、商店街をぶらぶら歩いて七、八分。毎朝、千住の市場まで自転車で走っているコースと同じだが、昼下がりだとずいぶんと長閑だ。五月のさわやかな気候と相俟って、平和な気分を満喫できる。

久しぶりに食したウナセンの鰻も、記憶にあった通り超絶美味だったけれど、誠一郎の口からは、何度となく溜息がもれた。鰻がうまいと思えば思うほど、ひとりで食べているのが申し訳なくなってくる。どうせなら、志乃ぶも誘ってやればよかった。格好つけてないで、「鰻で精をつけて頑張るからさ」というような冗談を飛ばせる人間だったら、どれだけよかっただろう。

店を出ると、静香にメールをした。

——ウナセンの特上弁当十個、午後七時に店に届けるように手配したから。晩ごはん食べないで出勤するといい。他の女の子にも声かけておいて。

——ありがとうございます！　やっぱり誠さん素敵！　ママのご機嫌はとっておきますからね！

静香は美人でトークも達者だが、そのぶん調子のいいところがある。あまり期待はできそうにない。

ウナセンにけっこうな額を払ってしまったので、コンビニのＡＴＭで金をおろすことにした。今日は酒屋の集金があるから、まとまった現金を持っていなければならない。

ＡＴＭの前はガラス張りになっていて、千束通りが見えた。おろした金を財布に入れおえたタイミングで、女が前を横切っていった。若くて綺麗な女だった。しかし、誠一郎の視線が釘づけにされてしまったのは、ただそれだけが理由ではなかった。

コンビニを出て、女のあとを尾行した。女の服装には特徴があった。ざっくりした派手な柄のワンピース——よく言えば南国のリゾート地で着るような服だが、この街で真っ昼間からそんな格好でふらふらしている女から漂ってくるのは、リゾート気分とは程遠い、不健康で気怠（けだる）げな雰囲気だけだ。おそらく水商売で働いているか、あるいは……。

女は千束四丁目方面に曲がった。行く手は吉原、言わずと知れた日本一のソープランド街である。江戸の遊郭（ゆうかく）に端を発する男の桃源郷（とうげんきょう）で、かつてはすさまじい賑やかさだったらしいが、いまは不況も極まってどこも経営が苦しいと聞く。ましてや昼間となれば人通りも皆無に近く、ゴーストタウンと言っても過言ではないような寂寥感が漂っている。

ソープ嬢、なのか……。

女の入った店の前で、誠一郎は呆然と立ちつくした。推定二十五歳、ソープランドで働いているとは思えないほど、凄みのある美人だった。横顔をチラッと見ただけで、あとは後ろ姿しか見ていないけれど、四半世紀前に亡くした愛妻にそっくりだった。

「写真だけでも見ていきませんかー?」

店のボーイが声をかけてきた。扉の前に立ち、路上にいる誠一郎とは二メートルほど距離があった。おかしな男だ。お天道様に恥ずかしいものを売っているくせに、近づいてきてコソッと耳打ちするくらいの気遣いはできないのかと憤った。吉原ソープの男子従業員は店の敷地外に出て客引きをしてはいけない――そういう決まりがあることを後で知った。

憤りつつも、誠一郎は写真が見たかった。恥も外聞も捨てて、みずからボーイに近づいていった。三枚の写真を見せられた。そのうちのひとつが、先ほどの女だった。カリン、という源氏名らしい。写真で見る限り、やはり満智子と瓜ふたつだった。満智子の昔の写真だと言われても、信じてしまいそうなくらい……。

「ちっ、ちなみに、いくらで遊べるの？」

誠一郎が訊ねると、ボーイは口許を手で隠し声をひそめた。

「総額八万円になります」

誠一郎は卒倒しそうになり、

「そっ、それはいくらなんでも……ボッタクリにも程がある……」

「うちは吉原でも指折りの高級店ですからね。女の子の器量もサービスも、そこらの格安店、大衆店とは比べものになりません」

「それにしたって……」

八万円はべらぼうだ。ウナセンの特上弁当十個よりも高いソープランドがあるなんて、夢にも思っていなかった。

「はっきり言いますけどね、お客さん……」

ボーイは相変わらず口許を手で隠しながら言った。

「裏通りの格安店に行けば、一万ナンボで抱ける女もいますよ。でもね、ブスを十人抱くより、美女ひとりのほうが、絶対に満足感が高いです。男はみんな、いい女を抱くために生まれてきたわけじゃないですか。いい女とやりたいのは、男子の本懐そのものじゃないですか。安物買いの銭失いになりたいなら、格安店にどうぞ」

「しゃ、写真は……」

誠一郎は上ずった声で返した。

「写真は本物なの？　いまどきは、パソコンでちょいちょいって修整できちゃうんでしょ？」

「うちはそういうインチキ、いっさいしませんから」

ボーイは急に胸を張った。

「もし満足いかずに出てきたら、私のこと思いきり殴ってもいいです。私は経営者じゃないから、お金を返すとは言いたくても言えない。でも、間違いありませんから。とくにこのカリンちゃん。この子はたまにしかいないんで、ラッキーですよ。美人でしょ？　こんなに綺麗な顔して、なんでもやってくれるみたいですからねえ……」

「なっ、なんでも……」

誠一郎は混乱しきっていた。いま目の前には、満智子とそっくりな女を抱けるチャンスがあった。それだけでも千載一遇と言っていいのに、これは二十五年間のブランクを埋めるチャンスでもある。

仁美は口先だけの発展家だったが、ソープ嬢なら間違いなくセックスのエキスパートだろう。練習台としては申し分ない。風俗なんて好きではないが、相手が亡妻にそっくりとなれば話は別だ。

料金が二、三万円、百歩譲って四万円までならすんなり遊んでいく気になっただろう。〈割烹たなか〉の一日の粗利がだいたいそれくらいだからだ。大の男が汗水垂らして働いて一日四万円なのに、二時間で八万円は高すぎる。ボーイはビタ一文まけるわけにはいかないという強気な態度を崩さない。こんなボッタクリがまかり通っているなんて、同じ台東区民として許せない気持ちになってくる。

「また今度にするよ」

しらけた顔で言い残し、踵を返そうとしたときだった。

ちょっと待て……。

考えてみれば、仁美には十五万円払おうとしたではないか。それくらいの散財はしかたがないと、一度は腹を括ったのだ。ウナセンの弁当十個七万円に、ここのソープの八万円で、ちょうど十五万円になる。もし仁美が本物の発展家だったら、右から左に消えていた額と同じではないか……。

2

もし満智子と瓜ふたつの女を抱けるのなら、八万円なんて惜しくなかった。心の底からそう思っていた。

ただその一方で、眼の錯覚に違いない、とひどく冷めているもうひとりの自分もいる。満智子を裏切るようなことばかりしているから、後ろめたさがそんな幻覚を生じさせたに決まっていると……。

世の中には瓜ふたつの人間が三人いるらしいが、実際にそんなに似ている例など見たことがない。テレビに出てくるそっくりさんだって、角度や照明や化粧によって、かろうじて似ているというパターンが大半だ。

だいたい、満智子はかなりの美人だったのである。容姿に惹かれて付き合ったわけではないので、付き合いはじめたころは太眉で垢抜けなかったけれど、〈割烹たなか〉を始めてからは、太眉を細くして化粧もばっちりだった。着物も上品に着こなしていたから、誰が見たって溜息の出るような美人だったと胸を張れる。風俗で体を売っている女に、満智子ほどの美人がいるとは思えない。

しかし、いた。

個室でふたりきりになり、まじまじと眺めてみると、似ていないところを探すほうが難しかった。

色白の細面で、首も細くて長い。切れ長の眼、筋の通った高い鼻、さらに満智子のチャームポイントである小さくて薄い唇までまったく同じだった。

長い黒髪はおろしていた。満智子は和装のときはもちろん、普段着のときでも髪をひとつにまとめていることが多かったが、おろしたときは目の前の彼女と同じ、黒髪のストレートロングだ。

「いらっしゃいませ」

足元で三つ指をついて挨拶してくれたカリンは、光沢のあるワインレッドのロングドレス姿だった。外を歩いていたときは、いかにも夜のおねえさんふうで気怠げだったのに、身繕いを整えて背筋を伸ばすと凛とした気品があった。

さすが八万円、と唸ってしまう。

亡くした愛妻の生き写しというのをいったん脇に置いたとしても、これほどの美女が相手をしてくれるのなら、八万円も高くないかもしれない。もっとも、人間は容姿だけでは判断できないから、性格もよければの話だが……。

「隣に座ってもいいですか？」

カリンが上目遣い(うわめづか)いで訊ねてきたので、誠一郎はうなずいた。誠一郎はベッドに座っていた。カリンは隣に座ると、顔を近づけてきてくんくんと鼻を鳴らし、悪戯(いたずら)っぽく笑った。

「ウナセンで鰻食べましたね？」

「えっ……」

「匂いでわかりますよ。わたしもあそこの鰻、大好物なんです。よく出前でとるんですよ」

「そっ、そうなんだ……」

誠一郎は顔をこわばらせた。歯を磨いてくればよかったと思った。そんなタイミングはなかったが、口臭は大丈夫だろうか。

「あっ、あそこにあるあのイソジン？　ちょっと貸してもらっても……」

「そんなのあとでいいですよ」

カリンは言い、チュッと唇にキスをしてきた。

「わたし、ウナセン大好きだって言ってるじゃないですか」

「いっ、いや、しかし……」

軽いキスの感触だけで、誠一郎は顔が燃えるように熱くなった。

「ベロチュウしましょうよ、鰻味のチュウ」

カリンが口を開き、ピンク色の舌をくなくなと動かす。舌が長くて蛇のようだ。なんて破廉恥（はれんち）な女なんだと誠一郎が顔をひきつらせると、

「……ごめんなさい」

カリンはしおらしく謝った。

「ちょっとお下品でしたね。お淑（しと）やかなタイプがお好みとか？　じゃあ、そういう感じでいきますから、リードしてくださいね」

「いっ、いや……」

誠一郎は、目の前に満智子の生き写しが現れたという衝撃から立ち直りかけていた。しゃべり方が違うからだ。いくら見た目がそっくりでも、死ぬまで博多弁が抜けなかった愛妻とは、やはり別人なのである。

となると、続く不安はセックスということになる。二十五年間離れていたその感覚を取り戻すため、これから男と女の秘め事に突入する。カリンは「リードしてください」などと言いだしたが、それはまずい。相手はプロなのだから、見栄を張らずにすべてを正直に言って、リードしてもらわなくては……。

「ちょっと話してもいいかい?」

「いいですよ。時間はたっぷりあるし」

「いろいろとその、事情があって……二十五年ぶりにするんだよね」

「エッチをですか?」

「ああ……」

カリンは笑いだしたりしなかった。からかうようなこともなく、真剣な面持ちでこちらを見ていた。ソープ嬢も高級クラスになると、しっかりとした気遣いができるらしい。

「誓って言うけど、もう一生しなくてもいいと思ってたんだ。それは本当なんだけど、最近その……」

「好きな人ができたんですね?」

「そうなんだよ」

「若い子ですか?」

「いや、四十手前だから若くもないが……向こうも向こうで、年のわりにはうぶなんで、困っちゃって……」

「なにがいちばん困ってます?」

「それは……始めるきっかけかな」

「ふたりきりになることはできるんですか？」

「まあ、それはなんとか……」

「じゃあ、こうやって部屋でふたりで並んで座ってるとしますよね。向こうもその気なら、言葉はいらないですから。見つめあえばいいんです」

カリンが眼をのぞきこむようにして、誠一郎を見てきた。それはとても、自然な仕草に見えた。しかし、表情が少しずつ変化していく。まばたきをするたびに眼力が強くなって、視線をはずせない。そのうち、眉根を寄せて、唇を差しだすように顎をあげた。

キスを求められたようだが、誠一郎は動けなかった。しかし、視線もはずせない。カリンの黒い瞳は刻一刻と潤んでいき、色香を増してくる。見ればみるほどカリンの顔立ちは美しく、亡妻に似ていることよりも、ただ美しさに圧倒されてしまう。こちらを見つめている黒い瞳に吸いこまれそうになり、ドクンッ、ドクンッ、と心臓が暴れだす。

息が苦しかった。緊張のせいかと思ったが、興奮のせいだった。いつの間にか、誠一郎は勃起していた。痛いくらいだった。カリンと見つめあっていると、彼女が淫らに乱れる姿が脳裏に浮かんでくるからだ。いや、テレパシーかなにかによって、乱れさせてと誘われているような気さえ……。

「ちょっと待って！」

誠一郎は叫ぶように言って視線をはずし、ハアハアと息をはずませながら胸を押さえた。心臓が爆発しそうだった。自分はなんて情けない男なのだろうと哀しくなった。キスをすればいいだけなのに……キスをすれば……。

「いまのいい感じでしたよ」

カリンがそっとささやいてくる。

「視線にすごい気持ちがこもっていて、普通の女の子だったら、自分からなにかしちゃうんじゃないかな。でも、相手がとっても奥手の人なら……やっぱり自分からしたほうがいいですね」

「なにをすればいいんだろうか？」

「それは自分で考えてください」

突き放された気がして、誠一郎はすがるようにカリンを見た。カリンは聖母のような柔和な笑みをたたえて続けた。

「あぁしろこうしろって言うことはできますけど、マニュアル化されたエッチなんてつまらないじゃないですか。好きなようにすればいいんですよ。わたしはこれが仕事ですから、なにをされても大丈夫です。でも、普通の女の子がされて嫌そうなことは、ちゃんと言いますから」

誠一郎は一瞬言葉を返せなかった。この女は単なるセックスのプロではなく、インストラクタークラスではないか。

不意に若いころのことを思いだした。老舗料亭で追いまわしをしているとき、何度やっても包丁をうまく研ぐことができず、しつこく兄さんにやり方を訊ねていると、親方に後ろから蹴飛ばされた。

「職人の仕事はよう、教わるんじゃなくて盗むんだよっ！　見て盗むんだっ！　ボヤッとしてねえでまわりの仕事よく見とけ、このボンクラッ！」

3

見つめあうところからやり直した。

亡妻の面影がチラついたが、少しするとやはり、カリンの顔立ちの美しさだけに気持ちが集中していった。ただ美しいだけではなく、セクシーだった。ワインレッドのドレスは肩や胸元を大胆に露出しているし、体の線がはっきりわかる。

全体的には細いのに、乳房が丸々としていて存在感がある。

いや、まずはキスからだと、視線を唇に移した。小さくて薄い。口紅の色も控えめだが、そのぶん品がある。息をとめ、口づけをしようとしたとき、ふと昔のことを思いだした。

誠一郎は自分からキスをするのが苦手だったのだ。最初のキスで歯をぶつけてしまったことがトラウマになり、自分から唇を近づけていくことにためらいがある。だから、満智子からキスをさせるようにうながすのが、いつものやり方だったのだ。

「あんっ！」

カリンが眼を丸くした。誠一郎の手指が、胸のふくらみに触れたからだ。揉むのではなく撫でた。指を使ってくすぐったりした。ワインレッドのドレスはサテンのようにつるつるした生地で、触り心地もセクシーだった。乳房を覆っているカップの存在を指に感じたが、その奥に柔らかい肉の隆起が息をひそめていることも、生々しく伝わってきた。

「あっ……んんっ……」

胸だけではなく、脇腹や太腿も撫でたりくすぐったりしてやると、カリンは身をよじりはじめた。それでも、視線は誠一郎と合わせたままだった。誠一郎が視線をはずそうとしなかったからだ。

亡妻そっくりの美貌が、ほんのり桜色になっていくのを見ていた。黒い瞳は潤みに潤み、眉間（みけん）に寄せた皺（しわ）は深まっていくばかり……。

小さくて薄い唇はすでに半開きになり、真っ白い歯が少し見えていた。物欲しげな唇というのを辞書で引けば、きっとこの唇が出てくるに違いないと思った。もはや誘っているのではなく、完璧に欲しがっている。

それでも誠一郎は辛抱強くカリンの体をまさぐりつづけた。時折、胸のふくらみをドレスの上からやわやわと揉んだ。尻にも手をまわしていき、ぎゅっと指を食いこませた。

「あああっ……」

カリンはほとんど泣きそうな顔になって、誠一郎の首に両手をまわしてきた。もう降参とばかりに、自分から唇を重ねてきた。

してやったり、と誠一郎は心の中でガッツポーズを決めたが、次の瞬間、眼を白黒させなければならなかった。

カリンの舌が、ヌルリと口内に侵入してきたからだった。生温かく、ヌメヌメとして、よく動く。彼女の舌の味わいは、眠っていた本能を目覚めさせるのに充分なものだった。誠一郎も反射的に、舌をからめていった。熱い吐息をぶつけあいながら、唾液と唾液を交換した。次第にうっとりしていった。夢見心地というのは、こういうことを言うのだろうと思った。

さすがプロと言うべきなのか、カリンの舌の動きは呆れるほどいやらしく、ただ舌をからめてくるだけではなく、わざと唾液に糸を引かせたりする。さらにこちらの舌をしゃぶりまわしては、卑猥な音をたてて唾液を啜る。

「素敵じゃないですか……」

カリンがささやいた。

「まんまとわたしからキスさせられちゃいましたね……」

誠一郎は笑顔でうなずいたが、笑っている場合ではなかった。次に進まなければならない……次に……。

「愛撫をしながら服を脱がすことにこだわらないほうがいいと思います。服が皺になっちゃうし、下手したらボタンが取れたり……」

カリンが立ちあがった。誠一郎もそうしようとしたが、カリンに制された。

「このドレスはちょっと脱がすの難しいので、自分で脱ぎますね。でも、まず立ったまま服を脱がして、下着姿にしてからベッドインしたほうがスムーズだと思いますよ……」

言いながら、カリンはドレスを脱いだ。ドレスと同じワインレッドのブラジャーは、カップの面積がやけに小さく、乳房の上半分が見えていた。下半身はさらに衝撃的だった。ワインレッドのレース製パンティが股間を艶やかに覆い、さらに腰に同色のベルトを巻いていた。ガーターベルトというやつだろう。太腿が金色のレースに飾られた、セパレート式のストッキングを穿いていた。色はナチュラルカラーだ。

ごくり、と誠一郎は生唾を呑みこんでしまった。

こんなセクシーランジェリー、週刊誌のグラビアでしかお目にかかったことがない。非現実的なほどのいやらしさに、体が小刻みに震えだしてしまう。

カリンは足元に正座すると、

「すごい……元気……」

エロティックに眼を細めながら、誠一郎の股間に手を置いた。もちろん、恥ずかしいほど大きな男のテントを張っていて、手を置かれただけで誠一郎の背筋は伸びあがった。

カリンにバンザイするように言われ、ポロシャツを脱がされた。ズボンを脱がされるときは、尻をもちあげるように言われた。なんだか子供が母親に服を脱がされているみたいだった。ブリーフを脱がされる前に、股間にバスタオルを置かれた。その下でブリーフをずりさげてきた。

奥ゆかしさを演出するための所作なのかもしれないが、カリンの右手はすかさずバスタオルの中にもぐりこんできて、そそり勃っている肉の棒を握りしめた。もう一度、背筋が伸びあがる。

「舐めてあげますね」

上目遣いでささやかれ、誠一郎は焦った。

「素敵なキスをしてもらったから、わたしが舐めたくなったんですけど……普通はもうちょっとあとでおねだりしたほうがいいかもしれません……いきなり舐めろなんて命令したら、女の子は絶対引きますから……」

バスタオルをめくられた。カリンはもう男根を握りしめていなかった。にもかかわらず、いまにも臍を叩きそうな角度で反り返っていて、あまりの恥ずかしさに照れ笑いを浮かべることさえできなかった。

「ちょっ、ちょっと待ってっ……」

情けないほど上ずった声で言った。

「そういうのは……いいからさ……」

「そういうの？　フェラですか？」

カリンが小首をかしげ、誠一郎は大げさなくらいうなずいた。

「苦手なんだ」

「嘘でしょ？」

「本当だよ。されたことがない」

正確に言えば、されたいと思ったことがない。愛する女の唇を、自分の性器で穢（けが）したくなかった。

カリンは膝立（ひざだ）ちになって身を乗りだしてくると、誠一郎の耳元でそっとささやいた。

「ソープの料金なんて、半分くらいフェラの料金ですよ」

「えっ……」

「普通なら闇雲（やみくも）にフェラを求めてくる男は絶対に嫌われますから、その態度は間違ってないんですけど……ここはソープなんで、しゃぶられてみてください。気持ちいいですよ。フェラしてエッチ、フェラしてエッチ、エッチの途中でもフェラっていうのが、ソープ遊びですから」

「いや……いやいやいや……」

誠一郎は頑なに首を横に振った。

「たしかに、されれば気持ちいいんだろう。キミはキスだってとびきり上手だったし、想像するだけで眩暈が起こりそうだ。だから逆に、経験したくない。癖になったら困るじゃないか」

満智子の唇も穢したくなかったが、志乃ぶの唇だって穢したくない。フェラチオはそれ専門の風俗店が成立するくらい、男にとって天国のプレイに違いない。絶対に中毒性がある。麻薬だってたった一度の好奇心のせいで、常用者へと転がり落ちていくのである。

「わかりました」

カリンは少し淋しげな顔でうなずくと、誠一郎の腕を取って立ちあがらせた。入れ替わるように、自分がベッドに横たわる。燃えるようなワインレッドの、セクシーランジェリー姿で……。

「それじゃあ、好きにしてください」

そっと眼を閉じた表情に、生々しいエロスが浮かび、

「いっ、いや……あのね……」

誠一郎はあわてて言った。

「舐めてもらわなくてもいいんだけどね、舐めるのは好きなんだよね。相手を気持ちよくさせるのは……」

「素敵な心掛けですね」

カリンが薄眼を開けて言った。

「だからその……女性を感じさせる舐め方を教えてもらえたらいいなあって……思うん……だけど……」

実際、誠一郎はクンニリングスが好きだった。極端に言えば結合そのものより没頭できるくらいで、舌先で満智子をイカせることに喩えようもない充実感を覚えていたものだ。満智子はクンニでイカされると、自分ばかりが乱れてしまったことを恥ずかしがり、かならず怒ったふりをする。それもまた可愛かった。

つまりクンニに自信があったわけだが、自分たちは処女と童貞で結ばれた清らかな夫婦だった。言ってみれば、井の中の蛙のようなものだ。満智子をイカせることができたからといって、他の女にも通用するとは限らない。

うぶ熟女とはいえ、志乃ぶもバツイチ。夫婦生活を営んでいた時期はあるはずなので、前の夫と比べてクンニが下手だと思われるのはつらいものがある。セックス全般の総合評価は低いに決まっているので、せめてクンニだけは磨いておき、一矢報いたい。

「ABCのどれがいいですか？　ハードな順にABC」

カリンが訊ねてくる。

「いっ、いちばんすごいのを教えてほしいけど……どんな女も腰砕けにしちゃうようなやつ……」

「ある程度、舐めるのには慣れてるんですね？」

「たぶん」

「わかりました」

カリンはうなずき、体を起こした。

4

「どんな愛撫でもそうですけど、意外性があるほど興奮するんです。こんなの初めて……って思ったやり方が病みつきになるものです。経験豊かな相手なら別のアプローチがあるんですが、奥手の方ならたぶん通用します……」

カリンはベッドの上でもじもじと腰を動かし、パンティを脱いだ。ガーターストッキングを吊っているストラップの上から穿いていたようで、パンティだけを脱げるようだった。

脱いだ瞬間、真っ白い股間が見えた。毛が生えていなかった。パイパンというやつだろう。セクシーランジェリーの下は、手入れの行き届いたつるつるの恥丘――プロの凄みを感じてしまう。

だが、初めて生身で見る無毛の股間に驚いていられたのは、ほんの束の間のことだった。

カリンが四つん這いになったからである。意味がわからなかった。こちらはクンニの指導をリクエストしているのに、なぜそんな格好を？

「相手の人も同じことと思いますから」

カリンが長い髪をかきあげてこちらを見る。

「いよいよクンニされるな……舐められちゃうな……って思ってるところで、四つん這いにされたら、ええっ？　って思いますよ。しかも、奥手の人なら、この格好自体が恥ずかしいだろうし……」

カリンの後ろにまわりこんだ誠一郎は、鼻息を荒らげながらうなずいた。突きだされた尻の中心――桃割れの間からアーモンドピンクの花がのぞいていた。まだぴったりと口を閉じていたが、丸見えである。

しかも、その上には可憐にすぼまったセピア色のアヌス。女にとってはM字開脚も恥ずかしいだろうが、四つん這いだと尻の穴まで露わだから、恥ずかしさがワンランク上になるかもしれない。

「どっ、どうすればいいのかな？」

「だから……そういうのは自分で考えてください」

振り返ったカリンに、キッと睨まれる。

「痛かったり気持ち悪かったりしたらちゃんと言いますから、まずは自分の好きなようにしてみて……」

「わっ、わかった」

誠一郎はこわばった顔でうなずいた。同じことを二度注意されるのはボンクラだ。職人は仕事を教わるのではなく盗む、セックスも教わるのではなく想像力を働かせるのだ。

カリンの後ろに陣取ると、まずは両手で尻の双丘をつかんだ。ゆっくりと左右に開いていくと、セピア色のすぼまりもひろがっていった。女の尻の穴をこんなにまじまじと見たことはなかった。そういえば、満智子は恥ずかしがってバックスタイルをしたがらなかった。

いやらしい匂いが、鼻先で揺らいだ。匂いの源泉はアヌスの下、アーモンドピンクの花だ。なんて卑猥な色艶（いろつや）だろうと、息苦しいほど興奮してしまう。いくら記憶をまさぐっても、満智子の花びらの色は思いだせなかった。たぶん、部屋を暗くしてセックスしていたからだろう。

「あんっ！」

花びらの合わせ目に舌を這わせると、カリンは甘い声をあげた。なんとなく、つくりものの声のような気がしたが、誠一郎はかまわず舌を動かした。ねろり、ねろり、としつこく舐めていると、合わせ目がほつれて、蜜がしたたった。それは偽物ではない感じだった。じゅるっと啜り、肉穴に舌先を差しこんでいく。浅瀬を穿（うが）っているだけだが、カリンの尻がもじもじと動きはじめた。

気持ちがいいですか？

危うく訊（き）いてしまうところだった。訊いてはダメなのだ。想像力を働かせて愛撫し、相手の反応を見極めて修整していかなければ……。

カリンはまだ本気で感じていない。プロのソープ嬢が本気で感じることなどあるのだろうかとも思うが、少しは感じさせてやりたい。すべての神経を舌先に集中させ、感じるポイントを探しだす。

「んんんっ……あああっ……」

カリンの声は熱っぽくなっていき、アーモンドピンクの花が放ついやらしい匂いも強くなっていくばかりだった。しかし、まだ一線を越えていない。これは本気のあえぎ声ではない。

それも当然だった。前からのクンニであれば、クリトリスを刺激しやすい。しかし、後ろからでは舌が届きづらい。指なら簡単に届くが、誠一郎は舐めるのが好きなのだ。女体の中でもっとも敏感なクリトリスを舐めまわせないクンニなんて、カツの入っていないカツ丼のようなものである。

頃合いを見計らってカリンの体をあお向けにひっくり返してしまう、という手も考えられた。しかし、それもなんだか白旗をあげるようで癪(しゃく)である。ふと閃(ひらめ)いて、誠一郎は自分があお向けになって、カリンの両脚の間に頭から突っこんでいった。いままで想像すらしたことのないアクロバティックな体勢だったが、意外にいけそうだった。

「はっ、はぁうううーっ！」

獰猛な蛸のように尖らせた唇でクリトリスに吸いつくと、カリンはいままでより一オクターブも高い悲鳴をあげた。手応えを感じた誠一郎は、ねちねちと舐め転がしては、音をたてて吸いたてた。

カリンはひいひいと喉を絞ってよがり泣きはじめ、誠一郎の顔には分泌されたばかりの新鮮な蜜が垂れてきた。それでも負けじと責めつづけた。息が苦しかった。久しぶりにするので、顎や舌の付け根も痛みだしたが、かまっていられなかった。

カリンの太腿が震えていた。たぶん尻も震えている。ぶるぶるっ、ぶるぶるっ、という振動が顔面に伝わってくる。

「ああっ、ダメッ！　イッちゃうっ……」

カリンがビクンッと腰を跳ねあげた。しかし、ソープ嬢を舌先だけでイカせてやったと、悦に入ることはできなかった。

カリンは絶頂に達したのではなく、その寸前で腰を浮かせたようだった。イクのなら、べつのやり方がいいらしい。

「すごいよかった……」

体を起こして抱きついてきたカリンは、あからさまに欲情に蕩けた顔をしていた。顔は真っ赤だったし、汗が浮かんでいた。まだワインレッドのブラジャーやガーターベルトに飾られている体は、いやらしいくらいに熱く火照っていた。もじもじと太腿をこすりあわせているのは、そこになにかを咥えこみたいからだろう。

「どうします？　自分が上になる？　それとも下？」

誠一郎はにわかに言葉を返せなかった。百戦錬磨のソープ嬢の騎乗位に、好奇心をそそられないわけがなかった。きっと、すさまじい腰使いを披露してくれるに違いない。

しかし、志乃ぶを抱くとき、騎乗位というのは想像しづらかった。あの極端な恥ずかしがり屋が、男の上にまたがって腰を動かせるわけがない。

となると、ここは正常位の練習をしておいたほうがいいだろう。何事も基本が大切だ。カリンに腰を使われれば気持ちがいいだろうが、いまの自分に必要なのは、相手を気持ちよくさせる練習である。

「下になってもらえますか」

カリンをあお向けにうながした。横になる前、ブラジャーをはずしてくれた。プルンと揺れはずんだふくらみは形のいい美乳で、高い位置についている尖った乳首がいやらしすぎた。

むしゃぶりつきたいのをぐっとこらえ、カリンの両脚の間に腰をすべりこませていく。彼女はパイパンだから、やけにこんもりと小高い恥丘の姿がすっかり露わだった。その下では、アーモンドピンクの花びらが蝶々の羽のようにひろがり、つやつやと濡れ光る薄桃色の粘膜がチラリと見えている。

なにもかも剝きだしなので、入れるところを間違える心配はなさそうだった。誠一郎は男根を握りしめると、切っ先を薄桃色の粘膜にあてがった。亀頭に訪れたヌルリとした感触が、本能を蘇らせた。

頭ではなく体が、やり方を思いだした感じだった。興奮に身震いしながら、上体をカリンに被せた。彼女の肩を抱き、呼吸をとめた。

カリンはぎりぎりまで細めた眼で、こちらを見上げてきた。誠一郎はたぶん、いまにも泣きだしそうな顔をしていたはずだ。きて、という声が聞こえた気がした。実際には聞こえていなかったが、誠一郎はその声に導かれるようにして、腰を前に送りだした。

ずぶっ、と亀頭が埋まった感触がした。失敗した、と思った。亀頭に唾液をつけておくべきだったが、もはや後の祭り。しかし、浅瀬をつんつんと突いていると、潤いが伝わってきた。カリンは相当濡らしているのだ。

「むっ……むむっ……」

顔が燃えるように熱くなっていくのを感じながら、じりじりと侵入していく。奥に行くほど潤いは増し、スムーズに入っていけた。それでも時折、肉がひきつれるような感じがする。肉と肉とを馴染ませるように小刻みに出し入れしながら、根元まで埋めていく。

誠一郎とカリンは見つめあっていた。一センチ、二センチ、三センチ……結合が深まっていくほどに、カリンの顔は歪んでいった。苦しそうだが、あきらかに苦しんではいなかった。眉根の寄せ方や瞳の潤い方、半開きの唇の震え方まで、生々しい欲情だけを伝えてくる。

衝動が腰を動かそうとした。あわてて動くのをやめたのは、満智子に言われた言葉を思いだしたからだ。

——いきなり動かんほうが、気持ちよか。

結合の感触を噛みしめさせてくれ、と言いたいようだった。そのほうが女は感じるものらしい。なにも知らなかった誠一郎は結合するなりフルピッチで腰を動かしていたので反省し、態度をあらためた。

──繋がったらな、腰を動かす前にしてもらいたいことあるっちゃ。

次々と記憶が蘇ってくる。誠一郎は満智子にそうしていたように、キスをした。舌と舌をねっとりとからめ、できる限り淫らなキスをした。そうしつつ、胸のふくらみをまさぐった。柔らかいのに弾力がある隆起にやわやわと指を食いこませては、背中を丸めて乳首を吸った。

「あああっ……」

カリンが声をもらした。一緒にもらした吐息がピンク色に染まっていそうなほどいやらしい声だった。

きっと合図だ、と誠一郎は腰を動かしはじめた。まずはゆっくりと抜いて、ゆっくりと入れ直した。次第にピッチをあげていくと、カリンがまたいやらしい声をあげた。誠一郎の鼻息も荒々しくなっていく一方で、気がつけばリズミカルに女体を突きあげていた。

思ったよりも動けた。齢五十、セックスから離れて四半世紀──数字にインパクトがあるので、自分で自分を縛っていたのかもしれない。体力や精力が衰えたぶん、童貞時代より下手なのではないかと危惧していたのに、男根は呆れるほど硬く勃起して、女陰を深々と貫いている。満智子とよく似たソープ嬢をひいひい言わせている。イカせることまではできないかもしれないが、感じていることは間違いない。腕をつかんでいる力がどんどん強くなっているし、何度も喉を突きだしてのけぞっている。

できることならイカせてやりたかった。

相手がプロであろうがなんであろうが、ひとつになっている女に対し、男がそういう感情を抱くのは自然なことだろう。

しかし、気持ちよすぎた。

二十五年ぶりに味わう女の抱き心地は、記憶にあるよりずっと心地よく、硬く勃起した男根が蕩けそうだった。このヌメヌメした感触を、いったいどう言葉で表現すればいいのだろう。温かくて、よくすべって、からみついてくるような極上の快感だ。

誠一郎はカリンに甘えることにした。

「だっ、出してもいい？」

我慢しようと思えば、我慢できたかもしれない。だが、こみあげてくる衝動のままに、射精してしまいたかった。セカンド童貞を捨てる儀式なのだから、それくらいのわがままは許してほしい。

「いいよ……」

カリンは紅潮した顔にうっすらと汗を浮かべていた。

「中で出して……いっぱい出して……」

「おおおっ……おおおおっ……」

誠一郎はだらしない声をもらしながら、フィニッシュの連打を放った。深々と突きあげるほどにカリンは腕の中で激しく身をよじり、誠一郎にしがみついてきた。ぎゅっと抱きしめられたのが、射精への引き金となった。

「でっ、出るっ……もう出るっ……おおおおっ……うおおおおおおーっ！」

雄叫びをあげて、男の精を放出した。決壊したダムから吐きだされる奔流のように、熱い粘液が噴射する。ドクンッ、ドクンッ、という衝撃とともに、痺れるような快感が体の芯を走り抜けていき、それが頭の先から爪先まで響いてくる。

そうだ……。

これがセックスだ……。

ぎゅっと眼をつぶると、瞼の裏に熱い涙があふれた。射精しながらも、誠一郎は腰を動かすのをやめることができなかった。動けば動くほどとめどもなく精は漏れつづけ、このまま永遠に終わらないのではないかと思った。

5

「なにも泣くことないじゃないですか……」

背中を洗ってくれながら、カリンがクスクス笑った。

「わたしもけっこう長いことこの仕事してますけど、射精しながら泣きだした人は初めてだなあ……」

「いやあ、面目ない……」

誠一郎が最初に涙を流したのは、耐えがたい快感のためだった。眼尻に涙が滲んだ程度だ。しかし、男の精をすべて出しおえると、感極まって本格的に嗚咽をもらした。

「セックスっていいなあ、と思ってしまってね……生きてるっていいなあ、というか……」

「あら、そんな哲学的なことを考えてたんですか？　わたしはてっきり、好きな人のことを思いだしてるんだと……」

心臓がドキンと跳ねた。好きな人と言われて、誠一郎の頭に最初に思い浮かんだのは、志乃ぶではなく、満智子だった。亡妻とそっくりなカリンを抱き、彼女を思いだした部分もあるのだろうか。快楽に翻弄されていたのでよく覚えていないが、そういうこともあったかもしれない。

「はい、それじゃあお風呂に入ってください」

カリンがシャボンを洗い流してくれたので、誠一郎は立ちあがって浴槽に浸かった。コースは二時間だが、射精を遂げた時点でまだ一時間以上残っていた。カリンによれば、たいていの客がひと休みして二回戦に突入するらしいが、誠一郎は一度で充分だった。

若さを失ったかわりに、知恵はあった。基本的に、二回目のセックスが一回目のセックスよりいいことはない。とにかく女体を離したくないというほど精力がありあまっているわけではなかったので、無理に二回戦に挑むより、泣くほど気持ちよかったセックスの記憶を噛みしめ、余韻に浸りながら帰路に就きたかった。そう伝えると、カリンは「だったら、のんびりお風呂に入りましょう。お背中流します」と微笑んだ。

「わたしもご一緒していいですか？」

シャワーで体を流したカリンが訊ねてきた。

「ああ、どうぞ、どうぞ」

ひとりではもてあますほど広い浴槽だった。セクシーランジェリーを脱ぎ、生まれたままの姿になったカリンの裸身（らしん）は輝くばかりで、普通ならのんびり一緒に風呂など入れないだろう。どんな男だってそわそわと落ちつかなくなり、さっさと風呂から出てベッドに向かうはずだ。

しかし、いまの誠一郎は射精を遂げたばかり。湯玉をはじく白い肌を、宝石でも愛（め）でるように眺めることができた。

「すごい興奮しちゃいましたよ」

向かい合う格好でお湯に浸かったカリンは、わざとらしく声をひそめて言った。ニヤニヤと意味ありげな笑みを浮かべている。

「ソープに遊びにくるお客さんって、心ここにあらずな人が多いんです。わたしを抱いていても、他の誰かを抱いている気になってるっていうか……でも、ずっとわたしと見つめあっててくれたでしょう？　まっすぐに自分が求められているような気がして、ドキドキしちゃいました」

「ハハッ、いい歳して夢中になっちゃったな」

「いいじゃないですか、夢中になって。ああいうセックスは、女殺しですよぉ。

誰が相手でも、絶対に悦ばれます」

「嬉しいことを言ってくれるねえ……」

お世辞だとわかっていても、誠一郎の胸は熱くなった。これから好きな人とのセックスに挑むであろう自分の背中を、カリンはそっと押してくれているのだ。いままでの誠一郎には、風俗をどこかで馬鹿にしたところがあった。猛省しなければならない。自分はいま、たしかに彼女に救われている。

「夢中になってしまったのはね、たぶん、カリンちゃんが似てるからなんだ」

「えっ？　好きな人に？」

「そうじゃなくて……二十五年前に亡くした妻に……」

それまで笑みを浮かべていたカリンも、さすがに神妙な顔になった。

「無理に話さなくてもいいですよ」

「いいんだ。聞いてほしいんだ。ひとつ年上の姉さん女房でね、そりゃもう私なんかにはもったいないほどの美人だった。最初はそうとは思ってなかったんだけど、化粧して着物着たら、もう……本当に好きだった。心から愛していた。いまでも愛してる。だが、私は今日、彼女を裏切った……」

カリンは神妙な顔のまま、まっすぐにこちらを見ていた。風呂に入るため、長い黒髪をアップにまとめていた。首が細長くて綺麗だった。そういうところも、満智子そっくりだ。

「処女と童貞でね、付き合いはじめたんだ。死ぬまで女は彼女ひとりでいいと思っていた。彼女しか女を知らない体で棺桶に入ろうと、ずっと……」

「ごめんなさい……」

カリンが泣きそうな顔になったので、

「そうじゃないんだ」

誠一郎は抱き寄せた。彼女の体を反転させ、後ろから抱きしめる格好になった。

「相手がカリンちゃんでよかったなって、そう思ってる」

「本当？」

振り返り、甘えるような顔を向けてくる。

「嘘じゃない。とっても素敵な時間だった。そもそも、好きな人ができて、そのためにセックスのやり方を思いださなきゃって思ったのは、私自身だしね。カリンちゃんには感謝しかないよ」

「ならいいですけど……」

カリンは困ったような顔で少し笑った。その乳房は、お湯に半分ほど浸かり、白桃のように輝いていた。ずいぶんと野暮なことをしている、と誠一郎は胸底で苦笑をもらした。これだけいい女と一緒に風呂に入っているのに、身の上話を聞かせるなんて……黙って二回戦に突入するほうが、よほど粋な遊び方だ。

「処女と童貞で結ばれてそのまま結婚って、すごいロマンチックですね。わたしにはもう、真似できないですけど」

「西新宿のね、高層ホテルに泊まったんだ……」

野暮とわかっていながら、身の上話がやめられない。

「夜景が見えるところがいいって言われて、三十九階だったかな、懐かしいなあ。当時は板前の修業中で、お金も全然なかったのに、見栄張って……向こうもいつもは毛玉のついたセーター着てるのに、黒いワンピースでおしゃれしてきてくれて……でも、なにしろ処女と童貞だから、やり方はわからないし、艶っぽいムードをつくることさえできなくて……大変だった……」

「いいじゃないですか、素敵な思い出」

「ちなみにだけど……」

誠一郎は、汗の浮かんできたカリンの顔をまじまじと眺めて言った。

「出身はどこだい？」

「わたしですか？　東京です」

だよな、と誠一郎は内心で苦笑した。

「っていっても、山とか川とかある田舎ですけどね。どうして？」

「いや、その……もしかしたら博多の出身だったりしないかなあって……」

「亡くなった奥さん、博多の人だったんですか？」

誠一郎がうなずくと、カリンは悪戯っぽく眼を輝かせた。

「うち、中洲のソープで二年くらい働いとったけん、ちょっとだけなら博多弁話せるばい」

にわかに言葉を返せず、呆然としてしまう。

「どげんしたん？　うちに言うてほしかこと、あるんやなかと？」

「いや……いやいやいや……まずいまずいまずい……」

誠一郎は混乱しきって、とりあえず浴槽から逃げだそうとした。カリンが許してくれなかった。くるりと体を回転させて、正面から抱きついてきた。

「逃げることなかやろ。なんでん言うてみて。奥さんが言いそうなこと、なんでん言うちゃるけん」

顔が似ていると、声帯も似るのだろうか。博多弁でしゃべると、声まで満智子にそっくりだった。怖いくらいに……。

「ダメッ。博多弁禁止」

「なして？」

「頭がおかしくなって変なことしそうだ……」

「よかやなかと。変なことする時間、まだ残ってるばい」

カリンが股間をまさぐってきたので、誠一郎は身悶（みもだ）えた。このままセックスに雪崩（なだ）れこむのもつらかったが、「変なこと」の意味はそれとは違った。もはや満智子が完全に蘇ったような気になり、貯金が底をつくまでこの店に通いつめそうで怖かったのである。

第三章　覚悟のドレス

1

誠一郎は老眼鏡をかけたりはずしたりしながら、苦手なスマートフォンと格闘していた。

老眼はまだそれほど進んでおらず、文庫本なら読めるのだが、スマートフォンの字は小さすぎる。大きくする方法があるらしいのだが、いくら教えてもらっても要領がわからない。こんなもの使えなくても死ぬわけではないと思うけれど、文明の利器はやはり便利だ。「東京　ホテル　女性に喜ばれる」と打ちこむだけで、よさげな候補がずらずらと出てきた。

せっかくカリンに背中を押してもらったのに、ぼんやりしているわけにはいかなかった。セカンド童貞を捨てたこの勢いのまま、志乃ぶと結ばれなければならない。そうでなければ、八万も払ってソープに行った意味がない。

「あっ……」

ガラガラと引き戸を開けて店に入ってきた志乃ぶが、眼を丸くした。時刻は午後四時。志乃ぶの出勤時間だが、誠一郎はこの時間、たいてい昼寝を決めこんでいる。カウンター席に陣取ってスマートフォンと格闘しているなんて、志乃ぶは思っていなかったはずだ。

「どうしたんですか？　珍しいですね、スマホなんていじって……」

気まずげに言いながら入ってきた志乃ぶの前に、誠一郎は立ちふさがった。真剣な面持ちで、スマホの画面を向けた。

「すっ、好きなところ選びたまえ」

志乃ぶがまた眼を丸くしたので、誠一郎はコホンと咳払いしてから続けた。

「長らく延びのびになっていた約束があるじゃないか。待たせてしまって悪かったけど、いよいよ気持ちの整理がついた。ついては次の定休日にデートでもしよう。おいしいものを食べて、豪華なホテルに泊まる……ありがちなことしかできないけど、精いっぱい楽しい夜にしたいと思う……」

我ながら男らしく言えたと、誠一郎は悦に入っていた。これもきっと、カリンのおかげだろう。童貞を捨てたときに急に自信がこみあげてきたように、セカンド童貞でも同じような効果があるらしい。この前までの自分だったら、こんなふうに堂々とデートに誘ったりできなかったはずだ。

ところが、飛びあがって喜んでくれるはずの志乃ぶは、うつむいて両手で顔を覆った。泣き声が聞こえてきたので、焦ってしまった。

「ごっ、ごめん……なにか悪いこと言ったかい……」

志乃ぶは答えてくれない。ただ泣き声が大きくなっていくばかりだ。

「もしかして、心変わりしちゃった？　それならそれでしかたがないけど……待たせてたこっちが悪いというか……」

「……違うんです」

志乃ぶは両手で顔を覆ったまま言った。

「わたし、嬉しくて……約束なんて絶対忘れられてると思ってたのに……」

「そんなわけないじゃないか」

「苦手なスマホを使っていろいろ考えてくれてたなんて……」

「候補は絞ったから、好きなところを選べばいいよ」

「でも、定休日って……」

ようやく志乃ぶが顔をあげた。

「ああ、それね。つくることにした」

基本的に〈割烹たなか〉は年中無休だ。志乃ぶには週に一度は休んでもらっているが、誠一郎は休まず店を開けている。休んでもすることがないから、大晦日であろうが元日であろうが板場に立ちつづけて二十五年。幸いと言うべきか、観音裏には年中無休で酒を欲している者が多いので、他の店が休んでいる年末年始のほうが盛況だったりする。

「だってほら、定休日がなくちゃ、ふたりの時間っていうかさ、そういうのももてないじゃないか。大切にしたいんだ、一緒にいる時間」

「そこまで考えててくれたんですか？」

「当たり前だよ。ただぼんやり待たせていたわけじゃない。こう見えて、いろいろ考えてる……わけだよ……」

言葉の途中で、誠一郎は身構えた。志乃ぶが胸に飛びこんできそうな気がしたからだ。もちろん、流れとしては不自然ではない。志乃ぶの気持ちもよくわかるし、こちらだって抱きしめるのはやぶさかではない。

だが、ダメなのだ。セカンド童貞を捨てたことで男としての自信を取り戻した誠一郎だったが、思いもよらぬ弊害もあった。いい歳をして、異常に勃起しやすい体質になってしまったのである。

街で丸い尻を見かけただけで股間をふくらませ、週刊誌でセクシーランジェリーのグラビアを見ると自慰をしたくてたまらなくなった。十五、十六の思春期でさえここまで性欲過多ではなかったはずで、こんな状態で志乃ぶを抱きしめたりしたら、絶対に我慢できなくなる。これから店を開けなければならないのに、せっかく着付けてきた志乃ぶの着物を乱れさせ、欲望の捌け口にしてしまいそうだ。

そんなわけにはいかないので、

「じゃあ、いろいろ吟味してホテルとレストランを選んでおいてね。ちょっとスーパーまで買い出しに行ってくるから……」

キョトンとしている志乃ぶを残して、店を飛びだした。欲望が蘇ってきたのは率直に嬉しかったが、もういい大人なのだから、何事もスマートに行なわなければならない。ファーストコンタクトは、我慢できずに店の中ではなく、高級ホテルのベッドの上だ。

午後五時——。

開店早々に、ガラガラと引き戸が開いた。口開けの客は、その日一日の気分を決める。どんな客が来てくれるのか、いつだって楽しみにしているが、

「いらっしゃい……ませ……」

誠一郎の威勢のいい声は、尻つぼみに萎(しぼ)んでいった。ボサボサの頭にピンク色のサングラス、白地に金のラインが入った派手なジャージを着て、トドメにカンカンうるさいミュールを履いている——どこのヤンママが入ってきたのかと思った。表情はぶんむくれているし、歩き方はふて腐れて……。

仁美だった。

止まり木に腰をおろし、行儀悪く脚を組んだ。肩を入れてカウンターに肘(ひじ)までついたその姿は、もはやヤンママを通り越して完全にヤカラである。

「どしたい？　お通しならまだできてないよ」

内心で怯(おび)えながら声をかけると、

「喉(のど)が渇いたから寄っただけ」

あさっての方向を向き、つまらなそうに答えた。本人自慢の低音ヴォイスが、いつにも増して低く響く。

「ビールでいいかい？　生じゃなくて瓶だったよな？」

仁美は黙ってうなずいた。瓶ビールを出してやると、手酌で飲んだ。すさまじい負のオーラを放っていた。怖がった志乃ぶが、二階に逃げていったくらいだ。

「鰻、おいしゅうございました」

仁美は二杯目のビールを注ぎながら言った。完全なる棒読み口調だった。

「気にしないでくれよ……いつもお世話になって……」

「静香がね、泣くの」

仁美が遮った。遠い眼になっている。

「誠さんと仲直りしてくれないと、自分の面目が丸潰れだって……鰻弁当三つも食べたのにひどいって……」

「三つも……食べたんだ……」

「大好物なのよ」

「それはよかった……」

「よくないでしょ！」

仁美はガタンと音をたてて立ちあがると、ジャージのポケットから出した一万円札を、叩きつけるようにカウンターに置いた。

「ここ看板にしたら、うちの店に来て。話があるから」

「話……ってなんだい？」

「来ればわかります！」

仁美は吠えるように言うと、バターンと大きな音をたてて店の引き戸を閉めていった。

「……大丈夫ですか？」

二階からおりてきた志乃ぶが、物陰からチラと顔をのぞかせた。

「なんか、すごく怒ってましたよね」

「そっ、そう？　いつも通りだよ」

誠一郎はとぼけたが、志乃ぶは訝しげに眉をひそめたままだ。

「もしかして……あの人元ヤン？」

「違う、違う」

苦笑まじりに手を振った。

「前にさ、〈ひとみ〉の女の子たちが卒業アルバム持ち寄ったことがあってさ。よせばいいのにママも持ってきたんだよ。三つ編みのおさげ髪で、瓶底みたいなメガネかけて、おまけに図書委員だって。みんな五分くらい笑いがとまらなかったな。図書委員はないだろうって」

　笑って言いつつも、胸のざわめきがとまらなかった。仁美のあの態度は、この前のことに対する意趣返しだろう。特上の鰻弁当も効果はなかったらしく、まだ怒り狂っているらしい。

2

　店の営業を終え、銭湯には行ったものの、仁美と向きあう覚悟が決まらず、誠一郎はいったん店に戻ってきて、ひとりでビールを飲んだ。

　ひと口飲むたびに深い溜息がもれた。営業時間中、志乃ぶは終始ニコニコと機嫌がよく、常連客から「なにかいいことあったのかい？」と声をかけられるほどだった。

　それはいい。自分の殻を破って男らしくデートに誘えたことには満足しているし、志乃ぶがそれを喜んでくれているなら満足感も倍増、未来に明るい光が差しこんできたような気分である。

　だが、その一方で……。

　仁美の機嫌の悪さは尋常ではなかった。彼女は基本的にサバサバした男っぽい性格で、見た目は綺麗でも中身はおっさんじゃないかと思うこともよくあった。誠一郎がうっかりしていて怒らせたことも枚挙にいとまがないが、今度ばかりはいままでとはパターンが違う。

仁美が心の奥底に秘めていた――仕事を頑張るために鎧で守っていたと言ってもいい、女の部分を傷つけたのだ。地雷を踏んでしまったのだ。爆死してもおかしくないほどの強力な地雷を……。

どうすれば挽回できるだろう？

異性として意識したことはないけれど、誠一郎にとって仁美はやはり大切な人間で、いつでも気兼ねなく酒を酌み交わせる相手として、救われたことが何度もある。これから先もきっと……。

怒らせたままでいいはずがなく、けれどもいくら考えても、彼女の機嫌を直す妙案が浮かんでこない。誠心誠意謝る、ということ以外……。

ガラガラと引き戸を開ける音がしたので、

「すいません、もう看板です！」

反射的に声を張った。言葉は続かなかった。あんぐりと口を開いてしまった。

女が立っていた。花柄のワンピースを着た美しい女が……。

「どっ、どうしたの？」

カリンだった。

「もう遅いからやってないかなーと思ったんですけど、灯りがついてたから……」

引き戸を閉め、店内をキョロキョロ見渡しながら入ってくる。

誠一郎は彼女に〈割烹たなか〉のショップカードを渡していた。ソープでの別れ際、名刺を渡されたので、自分も渡したほうがいいような気がしたからだ。観音裏に来ることがあったら一杯ご馳走すると約束した。といっても、社交辞令のようなものだ。彼女の中に射精を果たし、涙を流すほど感激したあとだったので、テンションが高くなっていた。

まさか本当に来るなんて……。

「いや、あの、酒なら出せるけど……」

誠一郎は立ちあがり、カウンターの中に入っていこうとした。

「料理はもう……ほとんどなんにもできないなあ……」

「いいんです」

カリンは微笑を浮かべながら首を横に振った。

「ちょっと気になることがあっただけで……」

「気になること？」

誠一郎が眉をひそめると、

「亡くなった奥さんのこと」

カリンは静かに言い、上目遣いで訊ねてきた。

「本当にわたしとそっくりなんですか？」

「ああ……」

誠一郎は苦笑した。

「そんな嘘ついてもしょうがないじゃないか。実はさ、キミが千束通りを歩いてるのを見かけて、尾行したくらいなんだ。あんまり似てたから……」

「写真とかあります？」

「えっ？」

「疑ってるわけじゃないですよ」

カリンは手を振ってから続けた。

「そうじゃなくて、やっぱり気になるじゃないですか。自分とそっくりな人がこの世にいるって……正確にはいた、でしょうけど……」

「写真か……写真なら……」

仏壇に飾っている遺影しかない。他のものは行李の底にしまって押し入れのいちばん奥にある。いつまでも亡妻の在りし日の写真を眺め、めそめそしている男でいたくなかった。一周忌のときに整理して、それから一度も出していない。

カリンを二階に案内した。

仏壇に飾ってある遺影を見ると、さすがに驚いたようだった。しばらくの間、呼吸もまばたきもできない感じで、立ちすくんだまま動かなかった。

「よく似てるだろう？」

誠一郎は長い溜息をつくように言うと、仏壇の前に正座して、線香をつけた。りんを鳴らして両手を合わせた。眼をつぶると、瞼の裏に満智子がびっくりしている顔が浮かんできた。

誠一郎が場所を譲ると、カリンも仏壇の前に正座した。線香をつける手つきも、りんの鳴らし方も慣れていなかった。若いからしかたがない。いまどきの家には、仏壇なんてないのかもしれない。

ただ、両手を合わせて眼をつぶっている時間が、ひどく長かった。なにを祈っているのか、一分以上そのままで、やがて合わせた両手が小刻みに震えだした。

「わたし、お母さんいないんですよね……」

声まで震わせて、カリンは言った。

「産んだ女はいるんでしょうけど、産みっぱなしでどっかに逃げて、写真一枚見たことがない……父親も父親でいい加減な人だったから、赤ちゃんのころからずっと、祖父母のところに預けられて……」

なるほど、と誠一郎は胸底でつぶやいた。満智子がカリンの母ということはない。そんなことがあるはずがない。カリンだってわかっているはずだ。それでも、自分にそっくりな女がいたという話に敏感になってしまう心がせつない。

「決めた……」

カリンが眼を開いた。

「わたし今日から、この人のことをお母さんだと思うことにします」

「大胆な発想だな」

誠一郎は笑った。カリンが冗談を言っていると思ったからだ。

「わたし……母が嫌いな自分が嫌いなんですよ……母が最低なのはもうしかたがないのに、なんかうまくいかないことがあると全部母のせいにして……そういう自分にうんざり……だから、この人が今日からわたしの本当の母……すごい綺麗だし……」

「自分とそっくりな顔を見て……すごい綺麗とは背負(しょ)ってるな」

「ホントですね」

眼を見合わせて笑った。

「いいでしょ、今日からこの人がわたしのお母さんで」

子供じみた表情でカリンは言った。

「いいよべつに。彼女は子供がいなかったから、たまに線香あげに来てくれれば喜びそうだ」

本当に喜ぶかどうかは、難しいところだった。だいたい、満智子がカリンの母親代わりになると、誠一郎は父親代わり……関係が異常にややこしくなるではないか。誠一郎はカリンを抱いているのに……。

「ただまあ、今度来るときは伊達(だて)メガネでもかけてきてほしいな。妻を知ってる人がキミを見たら、間違いなく腰を抜かす」

「写真、撮ってもいいですか？」

「ああ」

カリンはバッグからスマホを出すと、満智子の遺影に向けて何度かシャッターを切った。それから、写真を収めたスマホを愛おしげに胸に抱えた。

「名前、なんていうんですか？」

「満智子」

「……満智子……さん」

カリンが嚙みしめるように繰り返したときだった。

「誠さーん！」

階下から静香の声がした。

「なにやってるんですかー、ママ待ってますよー」

誠一郎がなかなか店に行かないから、迎えにきたらしい。

「なんなんですか、いまの超絶美人」

静香が汚いものを見るような眼を誠一郎に向けてくる。〈ひとみ〉に向かう道すがらだった。カリンの姿はすでにない。

「こんな時間にふたりで二階で……まさか誠さん……」

「冗談はよせよ」

誠一郎は笑い飛ばした。笑って誤魔化すしかなかった。

「彼女は親戚みたいなものなんだ。仏壇に線香あげにきただけだ」

「本当ですか？　誠さん九州の出身でしょ？　東京に親戚なんているんですか？」

「だから、親戚みたいと言ってるだろ、みたいだと」

「血が繋がってないなら、間違いを起こすことも……あんなに若くて綺麗な子なら、さすがの朴念仁も……やだもう、怖い怖い……」

「いい加減にしないと、本気で怒るぜ。ひーちゃんに余計なこと吹きこんだりしたら、承知しないからな」

言いあっているうちに〈ひとみ〉についた。

すでに深夜二時過ぎになっていたので、客は誰もいなかった。ホステスも、静香以外は帰ったようだ。

そんな中、仁美はひとりステージで「赤いスイートピー」を熱唱している。誠一郎と静香が店に入っていっても眼もくれず、一心不乱だ。

裾のひろがった白いロングドレスを着ていた。ブリッ子アイドルのステージ衣装のようで、ヴェールを被ってブーケを持てば、まるで花嫁だ。

「乙女心ですねえ……」

静香がニヤニヤしながら耳元でささやく。

「わたしはもう帰りますけど、ママにやさしくしてあげてくださいね。お泊まりもＯＫみたいだし」

「なに言ってんだ」

「ママは待ってますよ」

静香は急に真顔になると、耳元でコソコソとささやいた。

「ママがここの二階に引っ越してきたの、絶対に誠さんとの距離を縮めるためですから。ひとり娘を学校の寮に叩きこんで、これからは女として幸せをつかみたい……マンション買えるくらい貯めこんでるくせに、わざわざこんなボロ屋の二階に……あー、乙女乙女」

「キミは何者なんだ？」

「何者に見えます？」

「人を焚きつける悪いやつ」

「誠さんってば見る目ないなー。わたしはキューピッドでしょ。恋をお膳立てする可憐な天使……あっ、それじゃあお先に。お疲れっしたー」

静香があわてて踵を返したのは、「赤いスイートピー」の伴奏が終わったからだった。それまでこちらに一瞥もくれなかった仁美がゆっくりと顔を向け、挑むような眼で睨んできた。

3

誠一郎はカウンター席に座ってウイスキーのオン・ザ・ロックを飲んだ。普段は焼酎ばかりでウイスキーは飲まないのだが、飲まずにいられなかった。

ウエディングドレスもどきのひらひらした白い衣装に身を包んでいるくせに、仁美の態度はジャージを着ていた夕刻のものと変わらず、

「似合うじゃないか」

とドレスを褒めても、

「お世辞はいいから」

冷たく突き放された。低音ヴォイスで突き放されると、ドスを利かされているようで怖い。

「でもさ、そんなふりふりなドレスを着こなせる四十路なんて、滅多にいないぜ。たいしたもんだ……」

「わたしだってねえ、こんな格好でもしなけりゃテンションあがらない夜もあるのよ。なんだと思ってるのよ」

不機嫌さを隠そうとしない態度に、気まずい空気が流れていく。

覚悟を決めるため、誠一郎はグラスのウイスキーを一気に飲み干した。胃袋がカアッと熱くなり、こめかみが痺れてくる。

「すまなかった」

カウンターに両手をつき、頭をさげた。

「この前のことは……いくらなんでも無神経すぎた。悪いことをしたと思って反省してる。勘弁してくれ」

言葉が返ってこなかった。ゆっくりと眼をあげると、仁美はこちらに横顔を向け、唇を噛みしめていた。

「謝らないで……悪いのはわたしだから……」

「えっ？」

意外な言葉に、誠一郎は戸惑った。

「誠さん、いい加減な気持ちであんなこと頼む人じゃないって、知ってるのに……亡くなった奥さんのことも、志乃ぶちゃんのことも、真剣に考えてるって伝わってきたのに……わたし、台無しにしちゃった……」

「いやいや、それは……」

「でもね！」

仁美が遮った。

「ちゃんと覚悟決めたから。覚悟には覚悟で応えないと女がすたるから。わたし本当に十二年間セックスしてなくて処女みたいなものだけど……かっ、かかってきなさいよ」

ダウン寸前なのに強がっているボクサーのように、こいこい、と手招きする。

「いや、その……」

セックスの練習台なら間に合っている、とは口が裂けても言えそうになかった。ひと晩中罵られるつもりでウイスキーを呷っていたのに、この展開は完全に想定外である。

戸惑うばかりの誠一郎をよそに、仁美は完全にスイッチが入ってしまったようで、カウンターの中から出てくると、後ろからそっと抱きついてきた。誠一郎がビクッとしても離れない。ドレスを着ていてもはっきりとわかるほど仁美の体は熱く火照り、ムスク系の香水の匂いが鼻腔をくすぐってくる。

「そのかわり、ひとつだけ約束して……」

魅惑の低音ヴォイスを甘く響かせる。

「今夜だけはわたしを恋人みたいに扱って……いいのよ。志乃ぶちゃんと愛しあうための練習台でいいの。でも今夜だけ……今夜だけは、わたし、誠さんの恋人……」

カウンターの正面は鏡になっているので、後ろから抱きついている仁美の表情がうかがえた。眼を閉じて、うっとりしている。誠一郎は返す言葉を失ったまま、身動きもできない。

これはまずい展開だ——胸底で呪文のように繰り返しながら、誠一郎は二階への階段をのぼっていった。

誠一郎は基本的に合理主義者なので、必然性のある行動を好み、必要あるものだけを手に入れようとする。好奇心旺盛(おうせい)な人から見ればつまらない性格かもしれないが、それが自分なのでしかたがない。以前、仁美にセックスの練習台を頼んだのも、合理的な判断による。こちらにはセックスのやり方を思いだす必然性があり、自称発展家で枕営業上等と公言していた仁美にはそれを受ける必然性があるはずだと……。

しかし、これから行なわれようとしているのは、必然性なきセックス——ポリシーに反するなどと偉そうなことを言うつもりはない。だが、どう考えてもやめておいたほうがいい気がした。ご近所付き合いのある仲のいい女と体を重ねるのは、それなりのリスクがある。セックスしてしまったばかりに関係性が変わってしまうかもしれないのだ。

以前はそれを脇に置いても、達成しなければならない目的があった。なんとしても、セカンド童貞を捨てる必要があった。いまとなってはリスクしかない。だいたい、今夜仁美を抱いたところで、カリンを抱いたときのように心から感謝感激し、涙まで流すようなことにはならないだろう。

それでも、断ることはできそうになかった。

寝室にキャンドルまで灯しはじめた仁美を見ていると、いじましすぎて目頭が熱くなってきそうだった。女が十二年ぶりにセックスするのにどの程度の勇気が必要なのか、二十五年ぶりにセカンド童貞を捨てたばかりの誠一郎には、多少なりとも想像することができた。

リアル童貞を捨てたときより、はるかに緊張したし、はるかに恥ずかしかった。不安だし、心細いし、尻尾を巻いて逃げだしたかった。男でもそうなのだから、女となればなおさらだろう。

四十路になっても華やかな美貌を誇る仁美であるが、二十代のころとはおそらく比べものにならない。とくに裸はそうだろう。素肌は張りや潤いをなくし、乳房や尻が垂れているかもしれない。若さのピークを過ぎた女は、日に日に劣化していく自分の裸を鏡で見て、深い溜息をついているらしい。

見られるのが恥ずかしいというか、はっきり言って嫌なはずであり、それを押して練習台になってくれようというのだから、絶対に傷つけるわけにはいかなかった。自分の人生にそんな瞬間が訪れるとは思っていなかったが、ここは演技しかないだろうと腹を括った。カリンの中で射精を果たし、涙を流したときのことを思いだして、泣くしかない。いわゆる嘘泣きというやつだが、嘘も方便——昔の人はうまいことを言ってくれる。

「ごめんなさいね……」

十個以上のキャンドルを灯しおえた仁美は、異様にロマンチックな雰囲気になった寝室の景色の中で、申し訳なさそうに言った。

「誠さん二十五年ぶりだから、わたしにリードしてほしかったのよね。でもほら、わたしも十二年ぶりだから、それはちょっと無理かな……」

「きっ、気にするなよ……」

誠一郎はひきつった笑みを浮かべた。

「昔を思いだして、なんとか頑張ってみるからさ……」

「リードできないかわりって言ったらあれだけど……買ってきちゃった」

仁美は両手を首の後ろにまわし、ホックをはずした。純白のドレスが床に落ち、現れたのも純白の下着……。

過剰なまでにレースや刺繍（ししゅう）で飾られたブラジャー、パンティ、ガーターベルト。太腿（ふともも）にレースの飾りがついた、セパレート式の白いストッキングを着けていた。

いじましいを通り越し、失笑を誘ってもおかしくない場面であろう。いくらなんでも頑張りすぎだと……。

しかし、誠一郎は痛いくらいに勃起してしまった。

初夜を迎える花嫁が着けるようなその純白セクシーランジェリーは、どちらかと言えば可愛いデザインだった。初々（ういうい）しい雰囲気を演出しようという、デザイナーの意図がうかがえた。

だが、それを着けた仁美は、四十路のスナックのママ。初々しさはない。あるわけがない。しかも、思ったよりもウエストに肉がついている。胸や尻が大きいので着衣のときは気づかなかったが、腰まわりについた肉がガーターベルトからぷにっとはみ出していたりする。

衝撃的にいやらしかった。熟しすぎた果物が甘ったるい匂いを放つように、濃厚すぎる色香を放っている。

ガーターベルトのついたセクシーランジェリーならカリンも着けていたけれど、仁美のほうが百倍はエロいのではないか。カリンの場合、美しさがエロスを抑圧しているのだ。若くて綺麗でスレンダーだから、いま思えば、ちょっと大胆でおしゃれな水着を着ているのとあまり変わらない。

仁美は違う。

デザインがセクシーだろうが可愛かろうが、アンダーウエア本来のいやらしさがあるというか、いまにも酸っぱい汗の匂いが漂ってきそうなのである。

しかも……。

「そんなに見ないで……」

と背中を丸めて羞じらったりする。見せるためにそんなもの着けてきたんじゃないのか？　と突っこみたくもなるが、熟女の羞じらいがますます色香を濃厚にする。カリンは下着姿になっても羞じらったりしなかった。ソープ嬢だからではなく、若い体に自信があるからだろう。

4

ベッドに横たわった。

下着姿になった仁美に合わせて、誠一郎もブリーフ一枚になっていた。勃起しすぎているから、苦しくてしかたがなかった。さっさと脱ぎ捨ててしまいたいが、そういうわけにもいかず、額に脂汗を滲ませながら仁美を抱き寄せた。

「……ぅんんっ！」

自分でも驚くほど自然に唇を重ねることができたのは、カリンにセカンド童貞を捧げたせいもあるだろう。だが、経験が増えた以上に興奮していた。戸惑ったりためらったりすることができないほど頭に血が昇って、いても立ってもいられなくなっていた。もちろん、仁美の下着姿がエロすぎるからである。

恥ずかしいくらい鼻息を荒らげて、舌をからめあった。仁美はしっかりと眼を閉じていたが、誠一郎は薄眼を開けていた。仁美は双頰をねっとりと紅潮させ、ひどく恥ずかしそうな顔をしながら口を開け、舌を差しだしてくる。

「あっ……んっ……」

ブラジャーの上から胸の隆起に触れると、声をもらした。誠一郎は思わず二度見してしまった。いつもの低音ヴォイスはどこへやら、歌を歌っているときよりも高い声を出した。高いだけではなく、甘えるように鼻にかかり、か細く震え、完全に別人の声だった。

とはいえ、悪くなかった。低音でドスを利かせているより、美しい顔によく似合う。誠一郎は仁美の顔を見つめながら、両手を彼女の背中にまわした。自信はなかったが、なんとかホックをはずすことができ、ブラジャーを奪った。

「いっ、いやっ……」

仁美は両手を胸の前で交差させた。それでも、乳房の豊満さは隠しきれない。誠一郎はなだめるように肩や二の腕をさすりながら、胸をさらけださせた。ボリュームがありすぎるせいか、乳房は少し脇に流れて、ふたつの隆起が離れているように見えた。裾野からすくいあげると、指が簡単に沈みこむほど柔らかかった。マシュマロみたいな感触がした。

「んっ……んんっ……」

揉みしだくと、仁美は身悶えながら薄眼を開けた。ひどく不安そうな表情をしていた。綺麗だよとささやくかわりに、乳首に吸いついた。

「あああっ！」

仁美が声を跳ねあげる。甘えるような声ではなく、感じているのを伝えるような声だった。

誠一郎は仁美に馬乗りになって、双乳をめちゃくちゃに揉みしだいた。左右の乳首を交互に口に含み、唾液で濡れ光らせた。興奮のせいで、体は本能的に動いていた。興奮の源泉は、仁美の完熟ボディと羞じらいだ。

「んんっ……くぅううーっ！」

一度は声を跳ねあげたものの、仁美は声をこらえはじめた。ハアハアと息をはずませているのに、必死になって唇を引き結んでいる。ふたつの乳房を揉みくちゃにされ、あきらかに感じているようなのに……。

女の羞じらい深さは男の興奮の燃料でもあるが、いつまでもバリアの中に閉じこもったままでいさせることはできなかった。想定外の出来事だったとはいえ、こうなってしまった以上、仁美にも感じてもらいたい。自分がカリンを抱いて男に生まれてきた悦びを嚙みしめたように、彼女にも女に生まれてきた悦びを思いだしてほしい。

となればクンニだった。

どれだけ羞じらい深くても、両脚の間を舐めまわされれば、仁美だって羞じらってばかりはいられないだろう。クリトリスがふやけるくらい舐めまわしてやるつもりで後退っていき、仁美の両脚の間に陣取った。

仁美はもはや、すべてを観念したような顔で、しっかりと眼をつぶっている。これからなにをされようとしているのかわかっているらしく、乳房への愛撫をやめたのに、呼吸は乱れていくばかりだ。

誠一郎は仁美の両脚をＭ字に割りひろげようとした。純白のガーターベルトをして、純白のパンティを股間に食いこませ、セパレート式のストッキングまで穿いている仁美の下半身は、これ以上なく扇情的だった。

見下ろしていると、興奮のあまり息苦しくなるほどだったが、両脚をＭ字に割りひろげる寸前、ハッと閃いた。

そういえば、カリンに教わったとっておきのクンニがあるではないか……。

必然性、という言葉が脳裏をよぎっていった。すでにカリンにセカンド童貞を捧げた以上、これは必然性のないセックスだった。仁美にそうと気づかせてはまずいので、射精をしたら涙を流して感激芝居をするつもりだが、誠一郎にとってはやはり、必然性などないと思っていた。

だが、あった。あのバッククンニが奥手のうぶ熟女に通用するかどうか、仁美で実験してみればいいのだ。実験だの練習台だの、仁美に対してはひどい扱いばかりのような気がするが、感じてもらいたい気持ちに嘘はない。仁美が羞じらいのバリアに閉じこもっているなら、それを破るために大胆なプレイも必要だろう。バリアを破って、性を謳歌してほしいのだ。

幸い、この部屋のベッドはクイーンサイズで、ソープのベッドよりずっと広かった。どんなアクロバティックなことをしても、ここなら自由自在だろう。

「えっ……」

開きかけた両脚を揃えて体を横に倒すと、仁美は眼を開け、困惑顔でこちらを見た。誠一郎はさらに、うつ伏せに倒した。

「なにするつもり?」

仁美が振り返って言った。

「いや、その……セクシーなヒップだと思ってさ」

誠一郎は、純白のパンティに包まれている尻丘を撫でた。乳房に負けず劣らず豊満だった。まるで鏡餅を二個並べたように……。

「わたしのお尻なんて……大きいだけよ」

「男も年をとると、大きい尻に魅せられるようになるんだろうねえ」

いい加減なことを言いながら、四つん這いにうながした。尻を突きださせると、いまの台詞がいい加減などとは言えなくなった。鏡餅がバレーボールのようになった。丸々とした立体感が出て、悩殺されてしまう。

「素敵だよ……とっても素敵だ……」

うわごとのように言いながら、ふたつの尻丘を撫でまわした。もう少しで、頬ずりまでしてしまいそうだった。尻丘を包んでいるパンティの生地はなめらかなナイロンで、たまらなく触り心地がいい。

脱がせてしまうのがもったいなかったが、脱がさないわけにもいかなかった。少しだけずりおろすと、セピア色のアヌスが見えた。

「やーだー」

仁美が振り返り、咎めるように睨んでくる。

「この格好……恥ずかしい……」

睨まれても、怖くなかった。むしろ、険しい表情をして尻の穴をさらけだしている様子がいやらしすぎて、生唾を呑みこんでしまう。

「覚悟決めたんだろう？」

「そうだけど……なんでこんな格好で脱がせるわけ？」

仁美はまだなにか言いたげだったが、誠一郎がさらにパンティをずりおろしたので、顔を合わせていられなくなり、前を向いた。誠一郎の熱い視線は、アーモンドピンクの花びらをとらえていた。肉厚で弾力がありそうだった。見るからに湿り気を帯び、早くも濡らしていそうである。

パンティをすっかり脱がして脚から抜くと、誠一郎は両手で尻の双丘をつかんだ。ぐっと割りひろげれば、女の花がよく見えた。いやらしい匂いと熱気をむんむんと放っているその部分に、舌を近づけていく。まずは味わうように、舌腹をそっと這わせていく。

「あううぅーっ！」

仁美が悲鳴をあげ、両脚をジタバタさせた。この体勢のまま舐められるとは思っていなかったのだろう。だが、意外性こそ快楽への一里塚——カリンのアドバイスは間違っていなかった。

両脚のジタバタは、しばらくするとおさまった。かわりに、くぐもった声をもらしながら、身をよじりはじめた。腰をくねらせていると言ってもいい。ねろり、ねろり、と花びらを舐めまわす舌のリズムに合わせて、四つん這いの体が淫らに動いている。

感じている証拠だろう。舌先で花びらをめくってやると、新鮮な蜜が大量にあふれてきた。手応えを感じた誠一郎は左手の中指に唾液をたっぷりと付着させ、手のひらを上に向けて股間に忍びこませていった。

クリトリスの位置はあてずっぽうだった。それでも仁美は、肉づきのよすぎる尻をぶるぶる震わせて歓喜を伝えてくる。誠一郎はいままで舐めまわしていた花びらを、今度は右手でいじりはじめた。ぴちゃぴちゃと音がたつほど濡れていたので、思わず中指を入れてしまう。

「ぅんぐううぅーっ！」

仁美を見ると、枕を抱えて顔を押しつけていた。その顔はきっと、羞じらいで真っ赤に染まっていることだろう。しかし、やめてとは言わない。むしろ尻を突きだしてくる。気持ちがいいのだろう。

あえぎ顔が拝めないのは残念だったが、仁美にしても、顔を隠していたほうが快楽に集中できるのかもしれない。それならそれでかまわない。誠一郎は右手の中指をさらに深く肉穴に入れた。潤んだ肉ひだがびっしりとつまっていて、たまらない熱気と圧力を感じた。ゆっくりと抜き差しすれば、肉ひだがざわめきながら吸いついてくる。

否が応でも、男根を入れたときのことを想像してしまう。だが、それはもう少し先でいい。カリン直伝のバッククンニまで繰りだしたからには、結合前に一度くらいイカせなければ納得できない。怯むことはない。百戦錬磨のカリンだって、クンニではもう少しでイカせることができそうだった。

「ぅんぐううーっ！　んぐううーっ！」

仁美は枕を抱えて悶え泣き、背中にうっすらと汗までかきはじめた。誠一郎は右手の中指を抜き差ししながら、左手の中指でクリトリス付近に圧を加えている。どちらも、ゆっくりとした粘っこいリズムで続ける。そのうち、仁美の反応がいいところが見つかった。クリトリスの反対側を、肉穴のほうから押してやると効果的なようだ。

ぬちゅっ、くちゅっ……指を抜き差しする音が、にわかに卑猥になってきた。奥で蜜が大量に分泌されているようだった。となれば、次の段階に進みたいところだが、その前にひとつ、気になることがあった。

アヌスである。淡いセピア色から薄紅色にすぼまっていくグラデーションが、やけに綺麗だった。排泄器官なのに、こんなに綺麗でいいのだろうかと思った。

まるで愛撫を欲しがっているように見える。そして、誠一郎はいま、舌が遊んでいる。

舐めたら怒られるだろうか？　満智子なら、確実に怒りだすような気がする。しかし、カリンは言っていた。好きなようにすればいい……怒られたら土下座して謝ろうと心に決め、舌を伸ばしていった。

「ひいいっ！」

仁美が悲鳴をあげる。くすぐったいとばかりに激しく身をよじり、呆然とした顔で振り返る。

「なっ、なにするのよ……」

怒りに声が震えていた。それでも、失敗だとは思わなかった。仁美が尻を引っこめなかったからである。アヌスを舐められるのはくすぐったくても、肉穴に指が埋まっているし、クリトリスもいじられている。その刺激を手放したくないだけか、あるいは……。

「きっ、気持ちよくない？」

「いいわけないでしょ」

「久しぶりだから、まだ体が慣れてないだけさ」

「冗談はやめて。わたし、そんなとこ舐められたこと一度だって……はぁううぅーっ！」

ペロペロとアヌスを舐めまわしてやると、仁美は再び両脚をジタバタさせた。悲鳴の声音も悲愴感が漂っていたが、誠一郎は愛撫をやめなかった。アヌスに肉穴にクリトリス——この三点同時攻撃に、仁美が嵌まっているような気がしてならなかったからだ。

実際、仁美は脚のジタバタをすぐやめたし、悲鳴の声音もにわかにいやらしくなっていった。いや、切羽つまってきた。豊満な尻はぶるぶる震えがとまらず、肉穴も締まってきて指に圧を加えてくる。絶頂が近そうだ。

このまま天国に送ってやるのもやぶさかではなかった。しかし、尻の穴を舐めながらイカせるのは、ちょっと可哀相な気がした。仁美とはこれからも、毎日のように顔を合わせる。そのたびに、この男に尻の穴を舐められてイカされたんだ、と思いださせるのは、さすがに気の毒だ。

「……あふっ」

愛撫をやめると、仁美はバタンとうつ伏せに倒れた。ぶるぶるっ、ぶるぶるっ、と肉づきのいい下半身を震わせながら、ハアハアと息をはずませている。

少し休みたい、という雰囲気ではなかった。そんな感じを装っていても、純白のガーターベルトとセパレート式のストッキングに飾られた四十路のボディは、濃厚な色香だけを漂わせている。いまのは絶対、絶頂寸前だった。ということは、イキたがっているはずだった。

誠一郎は仁美の腰をつかんで、再び四つん這いの格好にした。自分はあお向けになり、彼女の両脚の間に頭を突っこんでいく。

「えっ？　ええっ？」

仁美の焦った声が聞こえてきたが、かまわず股間に吸いついた。陰毛が濃かったのでクリトリスの位置を特定するのに手間取ったが、割れ目を下から上に舐めあげて、合わせ目のところでくなくなと舌先を動かした。

「はっ、はぁうううーっ！」

吹っ切れたようなあえぎ声が聞こえた。それもそのはずだ。尻の穴を舐められてイカされるのは屈辱的な感じがするが、クリトリスなら普通である。クリトリスはそのためにある器官なのである。これなら心置きなく絶頂をむさぼれると、彼女も思ったに違いない。

しかし……。

「ああっ、いやっ……ああああっ、いやあああっ……」

クンニリングスで我を失いかけた仁美は、どういうわけか上体を起こした。次の瞬間、誠一郎の顔面に股間が思いきり押しつけられ、呼吸ができなくなった。体位が変わってしまった。バッククンニから顔面騎乗位に……。

「ああっ、いやっ……いやいやいやっ……」

淫らに歪んだ声を振りまきながら、仁美が股間に体重をかけてくる。誠一郎の顔中に、ヌメヌメした花びらが這いまわる。クイッ、クイッ、と股間をしゃくるように腰を振りたてては、顔の凹凸を使って自慰のように快感を得ようとする。

彼女の尻は重量感たっぷりで、太腿もむっちりと逞しかった。誠一郎はまるで顔ごと肉の中に埋まり、口と鼻を股間で塞がれているような気分だった。

酸欠状態で意識朦朧となるまで、時間はかからなかった。誠一郎はあわてて仁美の尻を叩いた。少し腰を浮かせてもらい、なんとか息を吸いこんだ。

「しっ、死んじゃう……死んじゃうよ……」

呆然とした顔で見上げると、

「ええっ？　えええっ？」

仁美は困惑したように眼を泳がせた。よく見ると、眼の焦点が合っていなかった。華やかな美貌は茹でたように真っ赤に染まっているし、首筋から胸元にかけて汗がキラキラ光っている。

　彼女にはもはや、正常な判断力は期待できそうになかった。頭の中は、オルガスムスのことだけでいっぱいなのだ。それはいいのだが、好きにさせておくと、こちらが窒息死する恐れがある。

「ひっ、膝を立てられる？」

「……こう？」

　仁美にはもう、羞じらう余裕すらなかった。両膝を立てればどれだけ恥ずかしい格好になるかなど、考えられないほど発情しきっていた。誠一郎は彼女をうながし、顔の上で両脚をＭ字にひろげさせた。彼女の股間とこちらの口の間に、二、三センチの隙間ができた。これならば呼吸することができる。太腿を下から支え持ったのは、体重をかけられたとき、つっかえ棒にするためだ。

　今度は視界が良好だった。キャンドルの灯りが、アーモンドピンクの花びらが口を開いているのを照らしている。その奥では、薄桃色の粘膜がたっぷりと蜜をたたえ、ひくひくと熱く息づいていた。誠一郎は唇を押しつけ、じゅるっと蜜を啜った。

「あああっ……」

仁美が喜悦を噛みしめるように裸身を小刻みに震わせた。誠一郎には、クリトリスも見えていた。黒い陰毛の陰で、包皮から半分ほど頭を出している米粒のような白い肉芽。尖らせた舌先で、くすぐるように舐めたてた。

「あうううーっ！」

仁美が長い悲鳴をあげる。ねちねち、ねちねち、と敏感な肉芽を舐め転がすほどに、尻上がりに甲高くなっていく。手応えを感じた誠一郎は、口の動きに熱を込めた。クリトリスを舐め転がすだけではなく、左右の花びらを口に含んでしゃぶってやった。さらに、薄桃色の粘膜にペロペロと舌を這わせ、あふれた蜜はためらうことなく啜りあげた。

もちろん、いちばん感じるのはクリトリスなので、そこへの刺激も忘れない。いよいよ包皮がすべて剝けてくると、唾液を溜めた口の中で泳がせた。音をたてて吸ってやると、仁美はのけぞってバランスを崩しそうになった。太腿を下から支え持って、なんとか現状の体勢をキープさせる。あお向けに横たえてやってもいいのだが、男の顔の上でM字開脚を披露している仁美の姿がいやらしすぎて、なかなか移行できない。

「ああっ、誠さんっ……もうダメッ……ダメようっ……」

ハアハアと息をはずませながら、うわごとのように言う。彼女自身もバランスを崩さないように足を踏ん張っている。刺激を逃したくないという必死な態度が卑猥すぎて、息もできない。

「おっ、おかしくなるっ……こんなのおかしくなっちゃうっ……はっ、はぁううう－っ！」

肉穴に指を入れてやると、仁美は獣(けもの)じみた悲鳴をあげた。よく濡れた肉ひだをかきわけて、上壁をこちょこちょとくすぐってやる。ちょうどクリトリスの反対側だ。もちろん、指を動かしながら、クリトリスも舐めている。

「……イッ、イクッ！」

ガクガクと腰を震わせながら、仁美は果てた。喉を突きだしてオルガスムスに駆けあがっていき、グラマーなボディを淫らなほどによじりまわした。

5

誠一郎は天井を見上げながら呼吸を整えた。

無理な体勢でクンニリングスに没頭していたので、首や顎(あご)が少し痛かった。甘美な痛みだ。舌先だけで仁美をイカせた満足感に浸りつつ、身の底でマグマのように沸騰している欲望を自覚する。

仁美はベッドの端で亀のように体を丸めていた。自分ばかりが恥ずかしい格好でイカされてしまい、ショックだったらしい。顔もあげなければ、声もかけてこない。

気持ちはわからないでもなかった。十二年間もセックスをしていないのだから処女のようなもの——そんなことを彼女は言っていたが、処女が顔面騎乗位でイクはずがない。あんな恥ずかしい格好で、腰を動かせるわけがない。

誠一郎は体を起こし、仁美の背中をさすった。

「続けていいかい？」

仁美は亀になったまま首を横に振った。

「もう無理……わたし、誠さんの顔見れない……」

「どうして？」

「スケベな女だって軽蔑された」

「してないよ」

顔をあげさせようとしたが、仁美は断固拒否した。困った女だった。こんな状況で駄々をこねるなんて……。

やれやれと溜息をつき、機嫌が直るのを気長に待つ——普段ならそういう余裕も見せられるだろうが、いまの誠一郎には無理だった。欲望を吐きだしたくて、ブリーフを穿いていることさえ苦痛でたまらない。

亀になった仁美を横眼に見ながら脱いだ。反(そ)り返ったイチモツを握りしめると、一瞬気が遠くなりそうになったほど、興奮が高まっていった。

「なあ、ひーちゃん。続きしよう」

肩を揺すってもいやいやと身をよじるばかりなので、頭にきてしまった。いくらなんでも、わがまますぎる。覚悟を決めたなどと啖呵(たんか)を切っておいて、いったいなんなのだこの態度は。

かくなるうえは……。

後ろから仁美の腰をつかみ、両膝を立てさせた。亀から犬にした。四つん這いになった仁美の尻は、見れば見るほど迫力があった。肉の厚みがすさまじく、たまらなく女らしい。尻から太腿に流れるラインに、惚(ほ)れぼれしてしまう。

満智子が苦手にしていたせいで、誠一郎には後ろから女を貫(つらぬ)いた経験がなかった。しかし、カリンと仁美にバッククンニをしたことで、なんとなくできそうな気になっていた。

「なっ、なにをするのっ……ひいいいーっ！」

後ろから強引に入っていった。強引に、というのは心理的な問題で、仁美の肉穴は濡れすぎるほど濡れていたから、結合は思った以上にスムーズだった。ずぶっ、と亀頭を割れ目に埋めこむと、そのままずるずると奥まで入っていけた。

「ああああーっ！」

十二年ぶりに男を迎え入れた仁美は、絹を裂くような悲鳴をあげて振り返った。パニックに陥りそうな顔をしていた。瞼も鼻の穴も半開きの唇も、ピクピクと痙攣している。

「なっ、なんでっ……どうしてっ……」

「ひーちゃん、自分ばっかりイッてずるいだろ」

「でもっ……でもっ……くううっ！」

腰をグラインドさせると、性器と性器がこすれあい、仁美が顔を歪める。よく濡れた肉穴は、ほんの少し動かすだけで、ずちゅっ、ぐちゅっ、と淫らな肉ずれ音がたつ。

「どうしてもやめろって言うなら……」

誠一郎はねちっこく腰をまわしながらささやいた。

「抜くけどね……抜いてもいいけどね……」

「うううっ！」

仁美が真っ赤な顔をくしゃくしゃにして、腕をつかんでくる。太いウエストを無理やりひねって、すがるような眼を向ける。

「抜いたほうがいい？」

泣きそうな顔で首を横に振った。

「続けていいの？」

今度はコクコクとうなずく。

まったく面倒くさい女だ——そう思いつつも、誠一郎は頭に血が昇っていた。彼女の性格の歪みなんて、いまはどうだってよかった。振り返って上体を反らしているので、豊満すぎる胸のふくらみが、プルン、プルルン、と揺れている。両手で後ろからすくいあげ、揉みしだいてやる。

簡単に指が沈みこむほど、柔らかい乳肉だった。乳房というものは、こんなにも柔らかいものなのかと思った。熟女の乳房だからかもしれない。柔らかくても感度は抜群で、揉みくちゃにしてやるとひいひいとあえぎだした。

可愛い女だった。普段が普段なだけに、そのギャップに胸が熱くなる。勢い、腰の動きにも熱がこもっていく。もっと可愛いところを見たくて、グラインドからピストン運動へと移行させる。

「あうううーっ！」

奥を突いてやると、仁美は振り返っていられなくなり、両手を前についた。必然的に、誠一郎の両手も乳房から腰へとすべっていく。

ちょっと太めな仁美のウエストには、白いガーターベルトが巻かれたままだった。手のひらに伝わるレースのざらつきが新鮮な興奮を誘った。初めての体位にもかかわらず、思った以上に腰を動かすことができた。ウエストをつかんだ瞬間、腰が勝手に動きだしたような感じだった。

激しく突きあげると、パンパンッ、パンパンッ、と音が鳴った。分厚い肉をまとった尻が、ぶるるんっ、ぶるるんっ、と波打つように震えている。まさに肉弾戦の様相だ。

誠一郎は無心で腰を動かしつづけた。勃起しきった男根で、なるべく深いところを突こうとした。いくら力を込めて突きあげても、分厚い肉に跳ね返されてしまう。それが心地よく、男心を奮い立たされる。リズムに乗り、突いて突いて突きまくる。

「ああっ、いやあっ……ああああっ、いやあああっ……」

仁美は髪を振り乱し、シーツに爪を立てている。なにかをつかもうとしているが、皺のないシーツはつかむことができず、手の近くに枕もない。背中にはびっしりと汗の粒が浮かび、生々しいピンク色に染まっていた。顔を見なくても、発情しているのがありありと伝わってくる。

誠一郎は取り憑かれたように男根を抜き差ししていた。いままで馴染みのなかった体位だし、正直あまり食指が動かなかった。正常位のほうが体を密着させられるから一体感がある。喜悦に歪んでいる女の顔を至近距離からまじまじと眺められるし、キスだって簡単だ。

しかし、世の男たちがこの体位を好む気持ちがよくわかった。四つん這いであえぎにあえいでいる仁美は、完全に獣の牝だった。彼女をあえがせていることで、自分も獣になれる気がした。野性に目覚めるというか、本能を解放するような快感があった。

「せっ、誠さんっ！　誠さんっ！」

仁美が叫んだ。

「ダッ、ダメッ……もうダメッ……わたし、またっ……またイッちゃうっ……またイッちゃいそうっ……」

振り返らずにあえぎつづけている仁美を、誠一郎は突きあげた。ピッチを変えずに、パンパンッ、パンパンッ、と尻を打ち鳴らした。このままイケばいいと思った。イカせてやりたかった。

「イッ、イクッ……もうイクッ……イクイクイクッ……はっ、はぁおおおおおおおーっ！」

獣の遠吠え（とおぼえ）のような声をあげ、仁美は欲望の彼方へとゆき果てていった。体中がいやらしいくらいに痙攣していた。四つん這いの体をしきりにくねらせ、腰を丸めたり反らせたりして、女の悦びを嚙みしめた。

誠一郎の腕の中で、仁美はまた亀になっていた。亀というか胎児に近い。横向きで背中を丸め、むせび泣いている。

誠一郎が射精に達するまで、三度も絶頂に達した仁美は、途中から感極まって泣きだした。あえぎ声が涙に濡れて、訳がわからなくなっているようだった。すべてが終わり、誠一郎の呼吸が元に戻っても、泣きやまなかった。背中から抱きしめてやったが、こちらに顔を向けることなく、「ひっ、ひっ」としゃくりあげている。

おかげで……。

誠一郎が感激芝居をするタイミングは失われた。どうせ大根役者なのだから、しないですむならそれに越したことはないけれど、なんだか申し訳なくなってくる。感激していることは事実なのだから……。

仁美のやさしさが嬉しかった。十二年ぶりのセックスはやはり、彼女にとって相当にハードルが高かったらしく、それを一緒に越えてくれたことで、同志になったような気分だった。

「そんなに泣いたら……」

乱れた髪を直してやる。

「明日、瞼が腫れて大変だぞ。顔で売ってる美人ママなんだから、いい加減泣きやめよ……」

仁美は言葉を返してくれない。泣き声こそ小さくなっていったが、やはりこちらを向いてくれない。

「本当にありがとう。感謝してるよ、ひーちゃん。この恩は一生忘れない。でも、その……なかったことにしよう。恥ずかしい思いさせて悪かった。恩は忘れないけど、いまのことは記憶から消去するから……」

明日からもいままで通り、仲のいいご近所同士として付き合っていこう、と言おうとしたときだった。

「違う……」

仁美が震える声で言った。

「恥ずかしいから泣いてるわけじゃ、ない……」

「じゃあ、どうして？」

答えない。

「とにかくこっちとしては、いままで通り……」

「誠さんっ！」

仁美が遮った。

「わたしじゃ……ダメかなあ……」

「えっ？」

「志乃ぶちゃん可愛いし、誠さんが好きになる気持ちもわかるけど……わたしじゃ、ダメ？」

今度は誠一郎が言葉を返せなくなる番だった。

「わたしだってずっと誠さんのことが好きで……でも言えなかった。わたしには子供もいれば、お店もあるから……今回のことだって、純粋に誠さんの力になりたかっただけで、最後まで……自分の気持ちは黙ってるつもりで……でも女はダメね。抱かれたら感情が抑えきれなくなっちゃった……ねえ、誠さん、抑えられなくなっちゃったよ……」

体を反転させ、涙でぐちゃぐちゃになった顔を向けてきた。美貌は台無しになっていたが、そのぶん気持ちがダイレクトに伝わってきた。真っ赤な眼をして、すがるように見つめてくる。

「わたしじゃダメかなあ……志乃ぶちゃんじゃなくて、わたしを彼女にしてくれない？」

「いっ、いや、それは……」

「誠さんだってわたしのこと嫌いじゃないでしょ？　嫌いな女を、あんなふうに抱けないと思う。ちゃんと伝わってきたよ、誠さんの気持ち……」

なんと答えればいいか、いや、どういう顔をすればいいかさえ、誠一郎にはわからなかった。はっきり言って、気持ちがぐらついていた。

好きなのは志乃ぶで、仁美はただの練習台——そういうつもりだったが、見方を変えれば、まったく好意を抱いていない女とセックスなんてできるわけがない。だからきっと、誠一郎もどこかで、仁美を異性として意識していたのだろう。無意識で無自覚にしろ、女として見ていたのだ。

もちろん、煩雑な日常生活を送ってる中では、それに気づかないまま月日は流れていっただろう。

しかし、抱いてしまった。いびつな形ではあるけれど、肉体関係を結んでしまった。恍惚を分かちあったあと、裸で抱きあっている状態で、冷静な判断などできるはずがなかった。

「すっ、少し、考えてもいい？」

仁美の顔色をうかがいながら、小声で言った。

「いまはその……すぐには気持ちの整理がつかないから、答えはちょっと待ってもらっても……」

そういう優柔不断な態度が相手を傷つけ、みずからも悶え苦しむことになるという教訓を、志乃ぶとのやりとりで学んでいたはずだった。にもかかわらず同じあやまちを繰り返してしまうのだから、つくづく自分は愚かな男だと思うしかなかった。

第四章　怖いんでしょう?

1

「イテッ!」

じゃがいもの皮を剝いていると、包丁が左手の親指をかすった。切ってしまったようだった。誠一郎は舌打ちし、血の滲みだした指を流水にあてた。

ピーラーを使っていればあり得ない失態だが、それほど大量の皮を剝くわけではないし、包丁で剝くのが好きなのだ。なのに指を切ってしまうなんて——板前生活三十余年、こんなに情けないことはない。

救急箱を出し、絆創膏を何重にもギチギチに巻いた。絆創膏がすぐに血の色に染まってしまったので、ラテックスの手袋も着ける。

「……ふうっ」

ここ数日、まったく仕事に身が入らなかった。険しい表情で板場に立っていても、頭の中では料理とはべつのことばかり考えている。ジンジンと疼きがとまらないのは、切ってしまった指だけではない。

引き戸を開ける音がした。

「すいません。遅くなりました……」

志乃ぶだった。あと十分で営業開始の午後五時だから、彼女には珍しい大遅刻だったが、そんなことより……。

「どうですか、これ？　似合います？」

引き戸を閉めると、茶目っ気たっぷりにくるりと一回転した。真っ赤な浴衣を着ていた。柄は金魚だ。

「まだ早いかなあと思ったんですけど、今日すごく蒸し暑かったんで、思いきって着てきちゃいました」

六月に入ったばかりなので、たしかに浴衣はまだ早い。ただ、今日が夏を先取りしたような陽気なのも事実だし、格式張った店でもないから、べつにいいのだが……。

三十八歳にして、真っ赤な浴衣というのもいかがなものかと思う。そしてそれが異様に似合っていることに、驚きを隠しきれない。普段はご隠居にもらった上品な着物姿で接客しているが、浴衣のほうが彼女らしさを引きだしているようだ。熟女でも、どこか少女の面影（おもかげ）を残しているからだろうか……。

「それ、どうしたの？　持ってたのかい？」

「松屋（まつや）のセールで買ったんです」

志乃ぶは楽しげに笑っている。右頬（みぎほお）のえくぼがまぶしい。

「安かったから他にも買ったんですよ。もっとちゃんとした、大人っぽいやつ。これは部屋着にでもしようと思って。さすがに子供っぽすぎるから……」

「でも着てきた」

「はい」

「なんで？」

「それは……」

志乃ぶはうつむき、もじもじと身をよじった。

「誠一郎さん、最近ちょっと元気なかったじゃないですか。溜息ばかりついたりして。だから、わたしにできることないかなって……ごめんなさい。馬鹿みたいな励（はげ）まし方しか思いつかなくて……」

「いや……」

元気がないと思われていたのか――誠一郎の背中に冷や汗が流れた。

「あと、例の約束ですけど……」

志乃ぶはうつむいたまま続けた。

「高級ホテルとかレストラン、やめません？」

「どっ、どうしてだい？」

あんなに喜んでいたのに、と思いつつ、背中の冷や汗が倍増する。仁美が余計なことを言いだしたせいで、志乃ぶとのデートの約束も延びのびになっているのだ。定休日を何曜日にするか常連客にアンケートをとっていると、苦しい言い訳をして……。

「わたし、お金をかけてもらうの苦手な女なんです……」

遠くを見るような眼をして、志乃ぶは言った。

「どういう意味？」

「父親がそういう人だったんです。ねだればなんでも買ってくれるんです。オモチャとか本とか……でも、いつも家にいなくて……別れた夫もそうでした。仕事が忙しいのはわかるんですけど、毎晩毎晩午前様で、わたしが塞(ふさ)ぎこんでくると、急にブランドもののバッグとかプレゼントしてくれて……そんなことより、わたしは一緒にいてほしいっていうか、かまってほしいっていうか……面倒くさいですよね？」

いまにも泣きだしそうな顔を向けられたので、

「いやいやいや……」

誠一郎はあわてて否定した。

「ごく普通の感覚じゃないの？　お父さんやダンナさんにかまってほしいと思うのは……」

要するに彼女は、なんでも金で解決しようとする男にうんざりしているのだ。誠一郎としては精いっぱいのことをしてやりたいだけだったのだが、裏目に出てしまったということか……。

「ごめんなさい！」

志乃ぶは顔の前で両手を合わせた。

「だから本当は、高級ホテルがどうこうって言われて、ちょっとがっかりしたんです。ああー、男の人ってやっぱりこうなんだって……でも、そのあとに定休日の話をしてくれたじゃないですか？　一緒にいる時間をつくりたい、大切にしたいって……あっちの話にはすごく舞いあがったんです」

一勝一敗、と判断していいのだろうか。

「だからその……最初のデートはうちにしません？　誠一郎さん、不動産屋さんと一緒に来ただけでしょ？　わたしのアパートで、手料理でおもてなしします。もちろん、誠一郎さんのほうが料理はずっとうまいでしょうけど、料理は愛情って言うし……ね、そうしません？」

誠一郎はにわかに言葉を返せなかった。なんていい女なのだろうと、熱いものがこみあげてきそうになった。

もしかすると……。

志乃ぶが自分のような男を好きになったのは、ずっと一緒にいられるからなのかもしれない。夫婦で十年、二十年と店を切り盛りしていれば、夫婦喧嘩が店の名物になったりするものだが、ピュアな彼女の瞳に、そんなものは映らない。愛する人と常に顔を合わせていられることに、男女の理想像を見ているのではないだろうか。

「ちなみにだけど……」

誠一郎は煮込みの火加減を見るふりをして、眼尻の涙を拭った。

「なにを食べさせてくれるんだい？」

「えっ？　カレーライスとか」

志乃ぶは恥ずかしそうに笑った。

「いちばん失敗しないんですよ。あれって、ルーの箱に書いてある通りにつくるのがコツなんです。変なアレンジとかしないで……」

きっと、野菜や肉がゴロゴロ入っているようなカレーだろう。グリンピースがのっていたりするのかもしれない。うまいに決まっている。インド人には決して理解できない、ジャパン・スペシャルだ。

「わかった……高級ホテルやレストランは中止しよう。そのカレー、俄然食べたくなってきた……いますぐにでも……」

視線と視線がぶつかった。

「いつにします？」

志乃ぶが甘えるような口調で言った。

「定休日を何曜にするか、そろそろ決まったんじゃないですか？」

「そっ、そうね……草案はまとまりつつあるんだけど……」

誠一郎は口ごもり、顔をこわばらせた。

草案もなにも、七つの曜日からひとつに決めればいいだけなのだ。正確には、金曜日と土曜日に休む酒場なんてないし、日曜日も営業してほしいという常連客の声が多いので、月火水木の四択だ。

それでも、決められない。決めてしまえば、志乃ぶの家に行ってカレーを食べなければならない。そして食べたあとには……。

ガラガラと引き戸が開いた。

「どうしたの？　五時過ぎてるけど、暖簾出てないわよ」

仁美だった。涼しい顔で、出入り口に近い止まり木に腰をおろした。着物を着ていた。見るからに高そうな紺の大島だ。志乃ぶの真っ赤な浴衣が子供の寝巻きに思えるほど、気品が漂っている。

さすがに恥ずかしかったようで、志乃ぶはそそくさと二階に逃げていった。割烹着を着るためだろうが、そう見えてしまった。

「ビッ、ビールでいいかい？　瓶だよな……」

誠一郎は怯えきった顔で仁美に言った。

「あっ、ビールはやめたの。やっぱりほら、太りやすいじゃない？　お酒ちょうだいな。今日蒸し暑いから、冷やでね」

鰻弁当を三個も平らげた女がビールで太るとは笑止千万、とは言えなかった。

黙って冷や酒を出した。〈割烹たなか〉では、受け皿のついたミニグラスに、一升瓶から注ぐスタイルだ。

表面張力でいまにもこぼれそうな酒を、仁美は唇を尖らせて迎えにいった。女の飲み方ではない。

「くぅう～」

ひと口飲んで唸る様子は完全におっさんだった。しかし、髪をアップにして大島をぴたりと決めているので、粋筋のおねえさんに見える。うなじを見せつけるような襟の抜き方に、四十路の色香が匂いたつ。

「なに考えてんだよ？」

誠一郎は声をひそめて言い、仁美を睨んだ。

「べつに～。お仕事前のひととき、エネルギーチャージに来ただけですけど～」

澄ました顔で答える。

嘘つけ！　と誠一郎は胸底で吐き捨てた。〈割烹たなか〉の女将が博多弁の着物美人だったという話を、観音裏で知らない者はいない。亡くなって二十五年が経ったいまも、お年寄りがよく話題にするので、尾ひれがついてほとんど伝説と化している。

それならわたしも、と簞笥の肥やしを引っぱりだし、対抗せずにはいられないのが仁美という女なのだ。欲しいものは戦って勝ちとろうとする。もちろん、志乃ぶがいつも和装で接客していることも知っていてやっている。

「まだみたいね」

冷や酒をチビリと飲み、上目遣いで意味ありげに笑った。志乃ぶとはまだ寝ていない——そういう意味だろう。

「わたしはいいですけどね、抱き比べていただいても……横恋慕しようとしてるんだから、それくらいの覚悟はあります……」

「よせよ、店でそんな話」

誠一郎は苦りきった顔になった。すべては愛情表現だと思えばありがたい話だし、彼女に気持ちが傾きかけているのも事実だが……。

抱き比べるとは、なんと不遜な言葉だろう。亀になって泣いていたくせになに言ってやがる、と思った。誠一郎はもっと真摯に、仁美のことも志乃ぶのことも考えている。まったく、どうしたらいいのだろう？

ガラガラと引き戸を開ける音がした。

「いらっ……しゃいませ……」

客の姿をひと目見るなり、誠一郎は凍りついたように固まった。

黒いキャップを目深に被り、黒いサングラスをかけ、薄手のジャンパーも黒なら、ズボンやブーツまで真っ黒——とても酒場に一杯飲みにくる格好ではない。ライフルを抱えていればスナイパーだが、女だった。

カリンである。

いくら変装していても、亡き愛妻とそっくりの容姿を、誠一郎が見間違えるわけがなかった。カリンは仁美とはいちばん離れた奥の席に陣取り、

「ビールください」

と明るい声で言った。

「なっ、生と瓶があるけど……」

「じゃあ生で」

誠一郎が生ビールを出すと、カリンはジョッキの柄を握りしめ、日本シリーズを制した野球選手のような勢いでビールを喉に流しこんだ。うわばみだったのか、とびっくりしてしまった。仁美もカリンの引き締まったウエストを見て、そんなに細いのに？　と啞然としている。

「ふふっ、お髭できてます？」

　カリンが自分を指差しながら訊ねてきたので、誠一郎はうなずいた。生ビールの泡が鼻の下についていて、白い髭のようになっている。

「どれどれ……」

　カリンはポケットからスマホを取りだし、自撮りを始めた。こちらはこちらで、なにを考えているのかさっぱりわからなかった。仏壇に線香をあげたいなら店が終わってからにしてくれ、と念を押したはずなのに……。

　真っ赤な浴衣の上に白い割烹着を着た志乃ぶが、二階からおりてきた。

「いっ、いらっしゃいませ……」

　か細く震える声で、志乃ぶは言った。

　仁美とカリンはまるで示し合わせたようにヘラヘラと笑った。

　完全なる嘘笑いだった。

　仁美の眼は笑っていなかった。カリンはサングラスを少しだけずらして志乃ぶを見た。やはり笑っていなかった。値踏みするようなその眼つきに、誠一郎の背筋にはゾクゾクと悪寒が這いあがっていった。

2

翌日、カリンに呼びだされた。

店に飲みにくるのはもうやめてほしいという旨をメールでやんわり伝えたところ、だったらデートしてくださいと直截的に誘われた。

——デートって、こっちは店があるし……。

——昼間でいいですよ。お茶でもしましょう。

——なんか話でもあるわけ？

——しばらくすすきののお店に行くことになったから、お別れのご挨拶。

そう言われてしまっては、断ることはできなかった。金を払ったとはいえ、彼女にはセカンド童貞を卒業させてもらった大恩がある。東京を離れるのであればお別れの挨拶をするのはやぶさかではないし、なにより、一度会えばそれですみそうなので気も楽だった。志乃ぶと仁美とカリンが店で三つ巴になるのは、さすがに厳しいものがある。

待ち合わせはＪＲ新宿駅の西口改札だった。カリンは先に来て待っていた。行き交う男たちのほとんどが、その美貌に視線を奪われていた。

カリンは黒いワンピースに黒いハイヒールというシックな格好をしていた。遠目からでも顔の小ささとスタイルのよさがはっきりわかり、ファッションモデルのようなオーラをまとっている。

誠一郎は内心で苦笑した。彼女の待ち人がこんな冴えない五十男でいいのだろうかと、卑屈な気持ちにもなってしまう。

「すまん。待ったかい？」

「いま来たところですよ」

カリンは柔和に笑いながら、腕をからめてきた。

「なっ、なにをっ……」

誠一郎は焦った。カリンの行為そのものより、まわりからいっせいに鋭い視線が飛んできて、震えあがってしまいそうになった。

「いいじゃないですか。誠さん、わたしのお母さんの夫でしょ？」

カリンは笑っている。産みの母の顔を知らない彼女は、満智子のことを母親だと思うことにしたと、ドリーミーなことを言っていた。

つまり、誠一郎は父親代わりということか。なんとなく納得いかなかったが、恋人同士に見えるわけがないのでしかたがない。

「どこに行くつもり？」

歩きだしたカリンに訊ねると、

「今日はわたしにまかせてください」

歌うような声が返ってきた。

「心配しなくても、お店が開店するまでには帰してあげますから」

仕込みの時間も必要なんだが……と思ったが、いまさら後悔しても始まらない。今日ばかりは、ありものでやりくりするしかないだろう。

地上に出ると、カリンの足は中央公園のほうに向かった。

「新宿はよく来るのかい？」

「来ませんよ。人が多いところ苦手だから」

「私も新宿はあんまり得意じゃないんだよね。すすきのも人が多そうだけど、大丈夫かい？」

「そんなことより、誠さん」

ジロッ、と睨まれた。

「わたしに嘘ついてたでしょう？」

「えっ……嘘なんて……」

「だって、誠さんの好きな人って、赤い浴衣着てた人でしょう？　割烹着着けてお店手伝ってた」

「あっ、ああ……」

「まだ抱いてませんよね？」

「えっ？　なっ、なんでわかるの？」

「わかりますよ、それくらい。女なら誰だって」

カリンは憎々しげに唇を歪めた。

「でも、別の人とはやっちゃった……高そうな大島着て、偉そうにふんぞり返ってた人と」

「いっ、いやあ……」

誠一郎は苦笑した。苦笑でもするしかなかった。

「かっ、彼女はああ見えて、いいところもあるんだよ。たしかに態度は悪いし、口も悪い。すぐ臍曲げたりして、手に負えないんだけど……」

「やったんですよね？」

「……はい」

がっくりとうなだれた。

「どうしてわたしを抱いたあと、すぐに好きな人を抱かなかったの？」

「それはまあ……いろいろと事情というか、タイミングが……」

「だから金玉握られちゃうんですよ！」

「きっ、金玉って、キミ……」

誠一郎は驚いてまわりを見渡した。幸いなことに、カリンの暴言を耳にした通行人はいないようだった。

「見てられなかったですよ、もう。あの大島の人、誠さんに気づかれないように、赤い浴衣の人をすごい威嚇（いかく）してましたから。猫だったらシャーッて言いそうな勢いで」

「そっ、そうなの？」

「そうですよ」

「悪い人じゃないんだけど……まあちょっと戦闘的なところはあるけど……健気（けなげ）でいいところも……」

「大島の人に乗り換えるつもり？」

「それが悩ましいところなんだよ……」

誠一郎は力なく首を振った。

「志乃ぶちゃん……赤い浴衣のほうが好きだったんだけど、先に寝てしまったのはひーちゃん……大島の人で……寝る前はそんな感じじゃなかったのに、一回寝たらひーちゃん、付き合ってほしいって……」

カリンが立ちどまり、腕を組まれている誠一郎も立ちどまった。カリンはハーッと大げさに溜息をつくと、眼を吊りあげて睨んできた。なにしろ美人なので、怒った顔になるとものすごく怖い。

「わかってる……自分でも最低な男だっていう自覚はある……でも、寝てしまったのに突き放したらひーちゃんも傷つくだろうし、志乃ぶちゃんで待たせつづけてるうえに付き合えないなんてなったら……どうしたらいいと思う？」

「知りません」

自分で蒔いた種でしょ、とばかりにカリンは言い放った。

「そんなことより、目的地に着きましたから」

「目的地？」

カリンの視線を追った先に、見覚えのある高層ホテルが建っていたので、誠一郎はハッとした。

三十年前、リアル童貞を捨てたホテルだった。先ほどからぼんやりと既視感を覚えていたが、待ち合わせの場所も、いま歩いてきたコースも、カリンの服装まで、そういえばあのときとまったく同じではないか。

「どうしてここに来たんだい？」

誠一郎は地上三十九階から東京を見下ろしていた。部屋は違うのだろうが、かつて見た景色だった。あのときは夜景で、いまは昼間の景色……。

「というか、どうしてこのホテルのこと知ってるの？」

「誠さんがペラペラしゃべったからでしょ」

隣でカリンが笑った。

「処女と童貞で結ばれたファーストデートの思い出……わたし、記憶力だけはいいんですよね。お客さんがしゃべってたこと聞き流さないで、しっかり脳のメモリーに保存しちゃう」

なるほど、それが売れっ子ソープ嬢になる秘訣なのかと思ったが、いまはどうでもいい話だった。

「いやね、だからどうして、こっちのファーストデートの思い出を、なぞるようなことしてるわけ？」

「女の子って、自分のお母さんがどんなふうに愛されてたか、知りたいものなんですよ……男の人はあんまり気にならないっていうか、考えるのも嫌な人が多いらしいですけどね。わたしは、両親どちらとも離れて育ったから、興味津々」

「マザコンもここに極まれり、だな」

「そうかもしれません」

カリンが身を寄せてきて、腕をからませてくる。外でされたときも焦ったが、密室でふたりきりだと緊張する。空気感が違う。カリンはすでに、色っぽい雰囲気を振りまきはじめている。

「どうやって結ばれたんですか？」

「いや、それは……」

「せっかくお部屋とったんだから、再現してくださいよ」

「ええっ？」

誠一郎は顔をこわばらせた。

「セックス、するの？」

「してくださいよ、餞別に」

「セックスが餞別になるのかい？」

「わたしにとって仕事以外でするエッチは、すごい特別でー」

「でもその……妻がキミの母親代わりとするなら、私は父親代わりになるわけで、いやらしいことするのはおかしくない？」

「どうして？」

カリンはキョトンとしている。

「わたし、満智子さんのことを母親だと思うことにしましたけど、誠さんを父親だなんて思ってませんよ。実の父親の顔は知ってるし、そもそも誠さんとはエッチしてるじゃないですか」

「そうだけど……」

「だから満智子さんはお母さんでも、誠さんは誠さん。満智子さんの夫。わたしが満智子さん役やりますから、三十年前を再現しましょう」

すごい割りきり方だと、誠一郎は唖然とするしかなかった。もっとも、こちらにしても、カリンのことを娘のようには思えない。娘のような年齢なのはたしかだが、誠一郎にとっては二十五年前に失ってしまった愛妻が突然目の前に現れた一種の奇跡、夢まぼろしのような存在だ。

横顔に視線を感じた。カリンがこちらをじっと見つめていた。となると、見つめ返さずにはいられない。視線と視線がぶつかりあい、からまりあった。カリンの黒い瞳が、ねっとりと潤んでくる。

「……ぅんんっ！」

唇と唇が、吸い寄せられるように重なりあった。

3

三十年前——。

誠一郎は二十歳で、満智子は二十一歳だった。

お互いの初体験は、歯をぶつけあう不細工なキスで始まった。それを笑いあうことさえできないほどふたりとも余裕をなくしていて、誠一郎は泣きそうな顔になり、満智子は怒りだしそうだった。

「カッコ悪か……」

恨みがましい眼で睨まれ、誠一郎は身を縮めた。しかし、逃げ場所もない。自分の力でなんとかするしかない。

「ごめん……悪かった……」

誠一郎は満智子の髪を撫でた。ふたりはベッドに横たわっていた。意図したわけではなく、立ったまま揉みあっているうちに転がってしまったのだ。

「服、皺になってしまうけん」

満智子はベッドからおりると、背中を向けて黒いワンピースを脱いだ。ブラジャーとパンティは淡い水色だった。パンティストッキングを穿いていたが、それも脱いでから、ひとつにまとめていた長い髪をおろした。肩より長いつやつやの黒髪が、白い素肌をひときわ輝かせた。

「なしてうちばかり脱いどーと？　あんたも脱ぎんしゃい」

振り返って言った。

「あっ、はいっ……」

誠一郎はあわててブリーフ一枚になった。服の皺など気にすることはできず、脱いだそばからベッドの下に放り投げた。

満智子は中腰になって胸を両手で隠しながら、おずおずとベッドにあがってきた。なんだかちょっと情けない感じだったけれど、表情だけは険しかった。臆病な猫が怒っているような感じで近づいてくると、誠一郎の胸に身をあずけた。ふたりで横になった。

素肌と素肌が触れあった瞬間、誠一郎の心臓は跳ねあがり、そのまま早鐘を打ちつづけた。満智子もきっと似たようなものだったはずだ。女の素肌のなめらかさに感嘆した誠一郎が背中をさすりはじめると、満智子もさすり返してきた。しばらくの間、お互いに素肌をさすりあっていた。

それだけで、ドキドキがとまらなかった。淡い水色の下着姿になった満智子からは、いい匂いが漂ってきた。シャンプーの残り香のようだったが、もっと甘い匂いが素肌から立ちこめているような気がした。

華奢な肩に鼻を押しつけ、匂いを嗅いだ。やはり、シャンプーの残り香とは違う、甘い匂いがした。

視線を感じて満智子を見ると、物欲しげな顔で唇を差しだしてきた。今度は歯がぶつからないように細心の注意を払いながら、唇をそっと重ねた。満智子の唇は小さくて薄いのに、キスしてみるとふっくらと柔らかかった。けっこう長い間、馬鹿みたいに唇だけを触れさせていた。

誠一郎が思いきって舌を差しだすと、満智子は唇を引き結んだ。舌の侵入を阻止しようとした。お互いに薄眼を開けていた。無言のまま睨みあった。

誠一郎としても、一度出してしまった舌を引っこめるわけにもいかず、上唇と下唇の合わせ目を舐めた。しつこく舐めては、薄い唇を吸ったりしていると、満智子は根負けして口をそっと開いてくれた。

誠一郎はおずおずと舌を差しこんでいった。満智子の舌に触れようとすると、逃げた。また睨みあった。どうすれば彼女をその気にさせることができるのだろうと思った。

「あんっ……」

ブラジャーに包まれた乳房をまさぐると、険しい表情が崩れた。眉根(まゆね)を寄せたせつなげな顔になり、隙(すき)が生まれた。誠一郎はすかさず彼女の舌を舌ですくい、からめあわせた。

「あっ……あああっ……」

同時に胸もまさぐっているので、満智子は戸惑いに眼を泳がせるばかりだ。せめてもの抵抗とばかりに脚をからませてきたが、脚の素肌をこすりあわせるのが心地よく、かえって誠一郎を興奮させただけだった。

とはいえ、二十歳の童貞には、その先に大きな壁が立ちはだかっていた。ブラジャーのホックをはずそうとして、できなかった。どこをどうやっても、はずせる気がしなかった。

　カップのほうをまさぐりながら、上目遣いで満智子を見た。ブラジャーの造りは想像以上に堅固で、まるで鎧だった。鎧にしては触り心地がいやらしすぎて、いい匂いも漂ってきたが、こんなものを毎日胸に着けているなんて、女は大変だなと思った。

「うちん胸が見たかと？」

「でもホックがはずせない」

「はずしてほしかと？」

「頼む」

「家族以外に見せたことがなかとよ」

「だっ、大事にするよ……」

「ほんなこつ？」

「家族よりも大事にする」

「しかたなかねえ」

　満智子はもったいぶって言いながら両手を背中にまわし、ホックをはずした。カップをめくる役は、誠一郎に譲ってくれた。露わになったふたつの胸のふくらみは、驚くほど立体感があった。砲弾状に迫りだして、女らしい丸みを見せつけてきた。そもそも色白なのに、そこの素肌だけがさらに白くて、清らかな雰囲気を漂わせていた。

「触っても、いい？」

さらけだした乳房を腕で隠そうか隠すまいかためらっている満智子に、誠一郎は訊ねた。満智子はこわばりきった表情でしばし眼を泳がせていたが、やがてコクンとうなずいた。

誠一郎は震える指先で、裾野のほうを撫でた。剝き卵のようにつるつるして、けれども剝き卵よりずっと柔らかそうだった。皿に盛ったプリンのように、強く押したら崩れてしまうのではないかと思った。

けれども、手のひらでそっとすくいあげ、やわやわと揉みしだくと、思った以上に弾力があった。一度揉みはじめると揉むのをやめられなくなり、手のひらが汗ばむまでしつこく手指を動かした。

それでも、先端にはなかなか触れることができなかった。ごく薄いピンク色をしていた。見るからに敏感そうで、触れる前から少し突起していた。

満智子を見た。ハアハアと息をはずませながら、身構えていた。乳首に触れられることに怯えているのか、それとも……。

「んんんっ！」

乳首を舐めると、顔をくしゃっと歪めた。指ではなく舌を使ったのは、なんとなくそうしたほうがいいような気がしたからだ。ペロペロ、ペロペロ、と舌先で転がした。満智子の顔はますます歪み、さらに生々しいピンク色に染まっていった。

舐めまわした乳首を見ていると、誠一郎はひどく悪いことをしているような気分になった。先ほどまでまぶしいほどに清らかだった乳首が、唾液をまとわせたことで身震いを誘うほど卑猥な姿になったからだった。

「気持ちいい？」

訊ねると、満智子は顔を歪めたまま首をかしげた。少し考えてからコクンとうなずいたが、もう一度首をかしげた。

誠一郎は、遠いほうにある乳首を指で転がした。唾液をたっぷりまとっているので、触り心地が異様にいやらしかった。近くにあるほうの乳首は、口に含んだ。吸ってみると、

「ああんっ！」

満智子は声をこらえきれなくなり、身をよじった。両脚で誠一郎の太腿を挟ん

で、ぎゅうぎゅう締めつけてきた。

痛がっているわけでも嫌がっているわけでもなさそうだった。これが感じているということなのだろうか、と誠一郎はよくわからないまま考えていた。

こちらの太腿を両脚で挟むため、満智子の下半身は横にひねられていた。必然的に、淡い水色のパンティにすっぽり包まれた尻が見えた。満智子の尻は大きくなかったが、丸かった。乳房と同じく立体感に富んで、女の体にしかない艶（なま）めかしいカーブを見せつけてきた。

誠一郎は右手を伸ばして、撫でまわした。満智子の反応が変わった。乳首を吸っていたときは眉根を寄せ、ともすれば苦しそうにも見える表情をしているのに、尻をやさしく撫でてやると、鼻を鳴らして甘えてくる仔犬のようになった。ワンピースの上から撫でたときは激怒していたのに……。

しばらくの間、見つめあいながら、尻を撫でていた。満智子の瞳が潤んでいるのがわかった。半開きの唇からもれてくる吐息の匂いは甘酸っぱく、キスをせずにはいられなかった。

満智子の尻を撫でながら舌をからめあっているのは、至福の時間だった。俺はこの女が本当に好きなんだな、と思った。大切にしないとバチがあたるな、と胸が熱くもなってきた。

しかし、誠一郎は若かった。やさしくしてやりたい気持ちよりも強く、興奮していた。自分でも制御できない欲望が、体の内側で暴れまわっている感じだった。尻以外のところも触りたかった。こんなことをしていいのだろうかと思いながら、自分の太腿を挟んでいる満智子の両脚を離し、ひろげようとした。もちろん、股間を刺激するためだ。

満智子が抵抗したので、攻防が始まった。脚を開いても開いても、満智子は閉じてしまう。極端な内股になって、手指の侵入を阻止しようとする。

だが、勝負の行方は初めから決まっていた。満智子にしても、本気で嫌がっているわけではなく、ただ覚悟を決める時間が必要だっただけだ。生まれて初めて女にとってもっとも大切な部分を異性に触れさせる……。

「んんんーっ！」

やがて誠一郎の指がパンティ越しに股間に触れると、満智子は激しく身をよじった。長い黒髪がうねうねと波打つくらい首を振り、くしゃくしゃに歪んだ顔を真っ赤に上気（じょうき）させていった。

4

「羨ましい……」

カリンはうっとりと眼を細めた。

「なんていうか、理想的な初体験ですね……不器用で、ぎこちなくて、でも純粋で、愛があって……」

カリンはパンティ一枚で、ベッドに横たわっていた。誠一郎は添い寝するように身を寄せ、M字に割りひろげられた彼女の両脚の間を、パンティ越しに愛撫していた。尺取虫のように指を動かし、薄布越しに女の縦筋をなぞっている。

「もういいだろう……」

誠一郎は長い溜息をつくように言った。

「あとは訳もわからないまま合体して流血戦さ。大泣きされてまいったよ」

「もうちょっとだけ……」

カリンが指の刺激に息をはずませながら見つめてくる。

「これから先はどうなるんですか？　クンニ？」

「するわけないじゃないか。初体験だぜ」

「わたしはされましたけど……」

「いまと違って、当時はネットで手軽にセックスの情報が手に入らなかったんだ。クンニは女を感じさせる最高の愛撫、みたいな記事を雑誌で見て、行動に移したのはたぶん……初体験から一年近く経ってたはずだよ」

「そんなに？　一年もクンニなしっていうのは……つらいなあ……」

「当時はそんなもんだったよ。もちろん、経験豊かな人はクンニでもシックスナインでもやってたんだろうけど、普通の若者は……とくに女の子のほうに抵抗があったから……」

「満智子さんも？」

「ああ……変態だのなんだの言われて、最初はハードルがすごく高かった。でもまあ、一度やるとね。病みつきになったみたいだけど……」

「じゃあ、今度はそれを再現しましょうよ。初体験から一年後、初めてのクンニリングス」

「……いいけどね」

自分がいまされたくなってきただけだろう、という言葉をぐっとこらえて誠一郎は上体を起こした。若くて美しいソープ嬢にクンニを求められるのは、悪い気分ではなかった。俺の舌技も捨てたもんじゃないな、と思ってしまった。

「いやあん、やっぱり恥ずかしい……」

パンティをおろそうとすると、カリンは誠一郎の手を押さえてきた。初めてクンニされる女を演じて、羞じらっているらしい。

「いいじゃないか……」

誠一郎も満智子に初めてクンニしたときの記憶を探り、行為を再現する。とんだ茶番だが、カリンと取引したのでしかたがない。再現プレイに付き合うかわりに、博多弁は絶対禁止だと約束させた。あれは危険だ。現実と夢の区別がつかなくなる。

「絶対に気持ちいいって雑誌に書いてあったんだ。アンケートでも、フェラは苦手だけどクンニは大好きって女がいっぱいいて……」

「本当？」

カリンが甘えたような上目遣いで見つめてくる。

「本当さ」

「やめてって言ったら、すぐにやめてくれる？」

「ああ……約束する……」

カリンが手を離したので、誠一郎はパンティをずりおろしていった。内心では、かなり狼狽えていた。博多弁を禁止してなお、カリンと満智子が二重写しに見えてしかたがない。百戦錬磨のソープ嬢なのに、この初々しさはいったいなんなのだろう。まったく、恐ろしい女である。

カリンはレースでできた薄紫色のパンティを穿いていた。女の割れ目をパンティ越しにじっくりいじりまわしたので、内側の股布はたっぷりと蜜を吸っていることだろう。

彼女はパイパンなので、パンティをずりさげると、いきなりこんもりと盛りあがった白い恥丘が見えた。途端に発情の強い匂いが鼻先で揺らいだ。誠一郎は気づかれないようにこっそり嗅ぎまわしながら、パンティを脚から抜き、両脚をひろげていく。

「ううう……」

カリンは顔をそむけた。恥ずかしそうに眉根を寄せつつも、股間を手で隠さないところが心憎い。恥ずかしいけど舐めてほしい、舐めてほしいけど恥ずかしくてたまらない――葛藤が伝わってくる。性的好奇心が強そうな彼女の初クンニは、きっとこんな感じだったのだろう。

「そっ、そんなに見ないで……」

震える声で哀願(あいがん)されれば、逆に凝視(ぎょうし)せずにいられない。陰毛に保護されていない女の花は、何度見てもいやらしすぎた。アーモンドピンクの花びらが剝きだしで、合わせ目で蜜がキラリと光っている。

下から上に舐めあげると、舌先に貝肉のような感触が伝わってきた。満智子の股間を初めて舐めたときのことを思いだしながら、慎重に舌を動かした。たしか雑誌で、愛撫は激しくやればいいというものではないことを学んだばかりだった。むしろ弱すぎるくらいでちょうどよく、とくに敏感な性感帯は、触れるか触れないかぎりぎりの感じのほうが女は気持ちいいらしい。

「くっ……」

カリンが顔をそむけた。ぎゅっと眼をつぶり、双頰(そうきょう)を赤く染めた表情は、あきらかに喜悦(きえつ)が滲んで、もう処女芝居はやめたようだった。かといって、百戦錬磨の表情でもない。

ツツーッ、ツツーッ、と花びらの合わせ目を舐めあげるほどに、虚飾(きょしょく)のない、生身の彼女の顔が浮かびあがってくる。舌の刺激に反応している。恥ずかしそうにしているのは、感じているからだ。感じてしまっていることが、恥ずかしくてたまらないのだ。

満智子もそうだった。最初、頑なにクンニを拒んできた彼女は、その理由として、陰部の味や匂いを知られたくない、と言っていた。それも嘘ではないのだろうが、クンニを初めて経験したとき、ひどくあわてて取り乱していたのは、これ以上なく恥ずかしいことをされているのに、これ以上なく感じていたからに違いなかった。

「なんなんこれ……おかしゅうなる……おかしゅうなってしまうばい……」

そう言っては激しく身をよじり、手脚をジタバタさせた。しかし、生温かい舌で敏感な肉芽を舐められる快感が、羞恥心の皮膜を、ペロリ、ペロリ、と剝いでいき、満智子はやがて、無防備な生身の女としてあえぎはじめた。

「きっ、気持ちよかっ……もっとねぶってっ……ねぶりまわしてっ……なあ、あんた……うち、もうあんたから離れられんばいっ……」

カリンは誠一郎との約束を守り、博多弁でなにか言ってきたりしなかった。それでも誠一郎は、カリンにクンニをしているのか、満智子にクンニしているのか、次第にわからなくなっていった。

「ああっ……はぁああっ……くぅうっ……んんんーっ！　はっ、はぁああああーっ！」

喜悦に歪んだ悲鳴には、博多弁も東京弁もない。クリトリスをねちねちと舐め転がされる刺激に、獣の牝があえぐだけだ。せつなげで、切羽つまっていて、たまらなく恥ずかしそうで、けれども女に生まれてきた悦びを謳歌している生々しい声音が、男の本能をしたたかに揺さぶってくる。

誠一郎は花びらを口に含んでしゃぶりまわし、あふれてきた新鮮な蜜をじゅるっと啜った。鼻や頬や顎や、とにかく顔全体を股間にこすりつけては、尻の穴までためらうことなく舐めまわした。他のところに舌があるときでも、クリトリスだけは指で刺激しつづけた。そこさえ刺激していれば、新鮮な蜜があとからあとからこんこんとあふれてくる。

まみれたかった。

カリンでも満智子でもいい、いまクンニをしている女の味と匂いにまみれ、ふたりで快楽の海に溺れたい。生身の男と女として求めあい、恍惚を分かちあいたい。恥という恥をさらしあってなお、愛しあいたい……。

忘我の境地で舌を使っていたそのときだった。

声が聞こえた。

「えずかやろ？」

誠一郎はハッとして顔をあげた。カリンではなかった。内腿までびっしょり濡らしてひいひいと喉を絞っている彼女に、言葉を発する余裕はなかった。ならば幻聴か……。

満智子の記憶が呼び起こした……。

「えずか」とは、博多弁で「怖い」という意味だ。「怖いんでしょう？」と言われたのだ。前後の文脈がないので意味がわからなかったが、誠一郎は愛撫を続けていることができなくなった。

5

「どうしたんですか？」

カリンが上体を起こし、乱れた長い黒髪をかきあげた。

「いっ、いや……」

誠一郎は首をかしげてから、苦笑した。訳のわからない幻聴に気をとられ愛撫を中断してしまうなんて、男として情けなかった。せっかくいい感じで、カリンを感じさせることができたのに……。

「ごめん、続けるよ」

誠一郎が言っても、カリンはもうクンニを求めてこなかった。

「我慢できなくなっちゃいました……」

親指の爪を嚙みながら、上目遣いでささやく。

「今日はわたしが上になってもいいですか？」

「えっ？　ああ……」

誠一郎がぼんやりしたままあお向けになると、カリンが馬乗りになってきた。すぐに結合せずに、まずはキス。いままでクンニしていた舌や唇をねぎらうように……。

「わたしが思うに……」

誠一郎の眼をのぞきこみながら、カリンがささやく。

「満智子さんって、騎乗位好きだったでしょう？」

「んー、どうだろう……そういや体位は、だいたい正常位と騎乗位が半々だったかな……」

「ふふっ、そうだと思った。写真見て思いましたもん。この人絶対、情熱的に男の人を愛するタイプだって……」

それは自分の希望を投影させすぎている、と誠一郎は思った。きっとカリン自身が、男を情熱的に愛したいタイプなのだ。

満智子が騎乗位が好きだという指摘は、半分あたっていて、半分はずれていた。彼女は常に、男と女が体を密着させる体位を好んだ。というか、それ以外はしたがらなかった。つまり、騎乗位でも、女が上体を男に覆い被せる形のものばかりだったのだ。

普通に騎乗位と言った場合、たいていは女が上体を起こし、腰を動かす姿を想像するだろう。カリンもそのつもりで訊ねてきたはずだ。実際、上体を起こして両膝を立て、M字開脚を披露した。

こんな大胆なことを——満智子がするわけがないと思ったが、誠一郎の視線はカリンに釘づけだった。彼女の股間は陰毛がまったくないパイパンだから、身震いを誘うほどいやらしい景色が目の前に現れた。真っ白い中に、くにゃくにゃと縮れたアーモンドピンクの花だけが咲いている。

カリンはもちろん、わかっていて両脚をM字に開いたのだろう。興奮を隠しきれない表情で男根に手指を添え、亀頭を入口に導いていく。結合部を男に見せつけることに興奮しているのだ。

誠一郎も興奮した。ソープの客であろうが、情熱的に愛しあっている恋人であろうが、こんなことをされて興奮しない男はいない。

「いきますよ……」

潤んだ瞳でささやくと、腰を落としてきた。よく濡れたアーモンドピンクの花びらが亀頭にまとわりつき、内側に巻きこまれていく。いきり勃った男根の切っ先が、ずぶっと割れ目に埋まり、そのまま根元まで呑みこまれていく。

「あああっ……」

カリンは眼をつぶり、身をすくめて、結合の衝撃に身震いした。一瞬グラッとバランスを崩しかけたので、誠一郎は両手を伸ばした。カリンも両手を伸ばし、指と指を交差させる格好で手を繋いだ。

誠一郎の胸はにわかにときめいた。満智子はセックスのとき、そうやって手を繋ぐのが好きだったからだ。

「あああっ……」

遠い眼になってしまいそうな誠一郎をよそに、カリンは眉間に深い縦皺を刻むと、動きはじめた。ゆっくりと腰をあげて、もう一度落としてきた。ヌラヌラした光沢を放つ男根の竿の部分がパイパンの股間から生えてきたように現れ、また埋めこまれていく。どぎまぎしてしまいそうなほど衝撃的光景だが、もちろん眼をそらすことはできない。

「あああっ……あああああっ……」

腰をあげるときはゆっくりでも、落とすときは体重をかけてきた。ずるずる、ズドン、ずるずる、ズドン、というリズムで、カリンは快感をむさぼっている。次第にピッチがあがっていく。奥でも蜜があふれているようで、腰を落とすたびに、ずちゅっ、ぐちゅっ、と卑猥な音がたつ。

「むっ……むむむっ……」

興奮を伝えるために、誠一郎はカリンの手を強く握った。カリンも強く握り返してくる。ますますピッチをあげて、股間を上下させる。パンパンッ、パンパンッ、と尻を打ち鳴らす。

「ああっ、いいっ……気持ちいいよっ……届いてるっ……いちばん奥までっ……オッ、オチンチンが届いてるっ！」

露骨（ろこつ）なことを言いながら、ねっとりと潤んだ瞳で見つめてくる。誠一郎も見つめ返す。せっかく綺麗な顔をしているのだからオチンチンなどと言ってほしくなかったが、ハアハアと息をはずませて発情しているカリンはまさしくエロスの化身で、説教などする気にはなれない。

カリンが両膝を前に倒した。太腿で誠一郎を挟みながら、腰を前後に振りはじめた。クイッ、クイッ、と股間を前にしゃくる要領だ。

「あああっ、いいっ！　いいいいいーっ！」

これがプロの腰使いか、と誠一郎はまばたきも呼吸も忘れてカリンを見上げていた。あんぐりと口まで開き、圧倒されてしまった。

鍛え抜かれたダンサーのような動きで、勃起しきった男根を、きっちりと自分の快感スポットに導いているらしい。腰を振れば振るほど美貌が紅潮し、声が甲高くなっていく。ずちゅっ、ぐちゅっ、と汁気の多い肉ずれ音をたてているのも、たぶんわざとだ。恥ずかしい音をたてて男を興奮させ、そのことによって自分も興奮するという高等技術に違いない。

「ねっ、ねえっ……」

カリンが上ずった声をあげた。

「わっ、わたしもうっ……もうイキそうっ……イッてもいいかな？　先にイッてもっ……」

誠一郎に異論などあるはずがなかった。この前は、こちらばかりが先走り、カリンを置き去りにして射精したのだ。

彼女が絶頂に達するところを拝めるなんて、望外の悦びだった。今日はまだ多少の余裕がある。間違っても暴発なんてしないように歯を食いしばりながら、カリンが昂ぶりきるのを待つ。

「ああっ、いやっ……」

切羽つまった顔でカリンが見つめてきた。

「いやっ！　いやいやいやっ……はっ、はぁあああああああーっ！」

腹筋にぐーっと力がこもったかと思うと、ガクン、ガクン、と腰を震わせた。双乳をタプタプと揺すりながら、首に何本も筋を浮かべた。見るからに快感を噛みしめているのがわかる、いやらしいイキッぷりだった。

「あああっ……」

繋いだ手をほどいて上体をあずけてきたカリンは、全身を小刻みに震わせながら誠一郎にしがみついた。

「……イッちゃった」

甘えるような、それでいて恥ずかしげな声でささやき、キスをしてきた。それもオルガスムスの余韻なのか、やけに唾液をしたたらせているカリンの舌を口の中に迎えつつ、誠一郎は抱擁に応えた。細い体が熱く火照り、淫らなほどじっとりと汗ばんでいた。

ひとしきり舌をしゃぶりあうと、

「今度は上になる？」

カリンが訊ねてきた。

「いや……」

誠一郎は首を横に振った。

「このままでいいよ」

慣れた体勢だった。満智子がこよなく愛した体位だ。自分で腰を使うのは苦手なくせに、なにかというと馬乗りになりたがるから、誠一郎は下から腰を使うコツを理解していた。

両膝を立てて、カリンの尻の双丘を両手でつかんだ。こうすれば、無理なく下からピストン運動を送りこめる。

「あんっ……」

ずんずんと突きあげてやると、カリンは可愛らしい声をもらした。アクメの余韻でピンク色になっている顔が喜悦に歪んだ。誠一郎の脳裏にはまだ、彼女が絶頂に達したときの光景がしっかり刻みこまれていた。

もう一度イカせてやりたかった。これが餞別代わりのセックスなら、せめてそれくらいはさせてもらわないと申し訳ない。

カリンと見つめあいながら、無心で下から突きあげた。ずんずんっ、ずんずんっ、と深く突いてやると、カリンの顔はどんどん歪んで、いまにも泣きだしそうな表情になっていった。

満智子も感じるとそういう表情になった。よがり顔まで似ているのか、と感嘆せずにはいられなかった。顔の造形が瓜ふたつなのだから、それも当然かもしれない。しかし、至近距離で見つめあい、熱い吐息をぶつけあいながら男根の抜き差しに没頭していると、次第に現実感が失われていった。

二十五年前、満智子は死んでいる。こんなふうに愛しあうことは二度とないはずだったのに、この抱き心地は満智子そのものだった。

躍動する尻丘のつかみ心地も、性器と性器の一体感も、揺れる乳房が胸にぶつかり、硬く尖った乳首がくすぐるように触れてくる感触まで、すべてが満智子を思い起こさせる。記憶を激しく揺さぶってくる。胸が熱くなり、気を抜くと涙を流してしまいそうだ。

こんな奇跡が起こるのなら、この世も捨てたものではないと思った。満智子が亡くなってから二十五年間、脇目もふらずに愛しつづけてきたご褒美だろうか。その愛をすでに裏切り、いまもこうして他の女と快楽を分かちあっているのに、ご褒美を与えてくれるなんて……。

「ああああっ！」

カリンが感極まった声をあげ、誠一郎にしがみついてきた。顔が顔の横側にきて、表情がうかがえなくなってしまった。それでも、満智子を抱いているという感覚は消えてなくなったりしなかった。むしろますます強まっていった。満智子もイキそうになると、そうやってしがみついてきたからだ。

「ダッ、ダメッ……気持ちよすぎるっ……またイキそうっ……」

何度でもイケばいいと思った。誠一郎の全身にはエネルギーがみなぎっていた。齢五十になった自分に、ここまで体力が残されているとは思っていなかった。これもまた、奇跡なのかもしれなかった。もしかすると夢の中で亡妻とまぐわっているのかもしれなかったが、それならそれでよかった。

「はっ、はぁあああーっ！」

パンパンッ、パンパンッ、と音を鳴らして激しく突きあげると、カリンは半狂乱で悲鳴を撒き散らした。もっと乱れさせたかった。誠一郎は、乱れている満智子が好きだった。

ひとつ年上の姉さん女房だから、普段は強気な満智子だった。男を立てるふりをして、男を手のひらの上で転がそうとするのは、まさしく九州の女。九州男児が外で強がっていられるのは、そういう女房あってこそなのだ。誠一郎はすっかり尻に敷かれていた。

そんな満智子も、セックスのときだけは可愛い女になる。恥ずかしい表情も、恥ずかしい声も、恥ずかしい格好も、なにもかも無防備にさらけだして、愛を伝えてくる。

大好きだった……。

満智子が大好きだった……満智子を抱くのが大好きだった……。

ダメだ、涙が出てきそうだ。

「えずかやろ？」

また幻聴が聞こえた。今度は動きをとめることはできなかった。涙も出そうだったが、射精もすぐそこまで迫っていたからだ。

「志乃ぶちゃんば穢すのが、えずかっちゃんね？　指一本触れんで、お人形んごと愛でとったいんよね？　ばってん、そげなと本当ん愛やなかばい。うちば愛したんごと愛したらよかとよ。まったく情けなか。うち、好かんよ。逃げ腰ん男ば好かんたい……」

「うおおおっ……うおおおおおーっ！」

誠一郎は雄叫びをあげ、フィニッシュの連打を放った。耳のすぐ近くで叫ばれているはずなのに、「イクイクーッ！」というカリンの声がひどく遠く聞こえた。ドクンッ、ドクンッ、と男の精を吐きだしながら、誠一郎は号泣していた。

射精が終わっても、涙だけはいつまでもとまらなかった。

第五章　衝撃の落とし物

1

誠一郎は傘を差して隅田公園に向かった。

梅雨入りにはまだ早いのに、ゆうべ降りだした雨は今朝になってますます強まり、昼すぎになってもあがる気配がなかった。

傘を打つ雨音を聞きながら人を待った。

隅田公園は隅田川沿いの桜並木がよく知られているが、あじさいの名所でもある。早咲きなのか、それとも狂い咲きなのか、雨に打たれながら咲き誇っている青紫色の花がいくつか眼につき、誠一郎の頰はほころんだ。桜より、百合より、牡丹より、あじさいの花が好きなのだ。薄暗い雨降りの中でこそ映えるところが気に入っている。

待ち人がやってきた。

絽だか紗だか、薄物の訪問着を優雅に着こなしていた。涼しげに透けた水色の生地の着物に、白い帯。傘まで番傘だったが、足元は草履だった。雨の日は爪皮のついた下駄にしなければならないはずだが、簞笥の肥やしの中になかったのかもしれない。おまけに足元が土だから、白い足袋に泥が跳ねている。

仁美はそんなことなど気にする素振りもなく、着物の裾まで泥を跳ねさせながら近づいてきた。表情が落ちつかず、視線が定まっていない。

「悪いね、雨の中……」

誠一郎が声をかけると、

「いいんじゃやない」

仁美は口許だけで薄く笑った。

「込みいった話を喫茶店でする男なんて興醒めだもの。お酒を飲みながらっていうのもね、なんか誤魔化されてる感じがしていや」

視線と視線がぶつかった。ここに呼びだした時点で、仁美はすべてを察しているようだった。

「すまない」

誠一郎は深く頭をさげた。

「いろいろ考えてみたけど……やっぱり、ひーちゃんの気持ちには応えられそうにない。勘弁してくれ」

仁美は言葉を返してくれなかった。表情を失った顔で、ただじっとこちらを見ている。

「できればいままで通り付き合ってほしいけど……無理なら……」

「大丈夫よ」

仁美が遮った。

「わたし、立ち直りが異常に早いから。離婚したときも、三日で立ち直ったくらい。今回はどうだろう？　しばらくは誠さんの顔見ても笑えないでしょうけど、一週間も経ったら笑ってるんじゃないかな」

仁美の視線が遠くを見るようになっていき、誠一郎は太い息を吐きだした。

「本当に申し訳ない」

「何度も謝らないで。それより……志乃ぶちゃんとはもう寝たの？」

「いや……」

「真面目か」

仁美はふっと笑い、

「でも、志乃ぶちゃんの抱き心地が悪くても、性格合わなくてうまくいかなくても、わたしとよりは戻せませんからね。それは覚悟の上でしょう？」

悪戯っぽく番傘をくるくるまわした。

「わかってるよ」

「ならよかった……ハハッ、抱き比べてふられたんじゃなくて、ちょっと安心しちゃった」

誠一郎は唇を嚙みしめた。言いたいことが、胸にあふれていた。しかし、もはやなにを言っても言い訳になる。この場を取り繕うための嘘だと思われてしまうくらいなら、黙っていたほうがいい。

「じゃあね」

仁美がくるりと背中を向けた。

「しばらく静香にお通し取りにいかせるけど、一週間したらうちのお店に飲みにきなさいよ。志乃ぶちゃんとののろけ話を聞かせて。ビールは一本一万円ですけどね……」

振り返ることなく、雨の中を歩いていく。足元の白い足袋は泥で汚れていくばかりだったが、帯をお太鼓に結んだ背中は凛としていた。誠一郎は、見えなくなるまで見送ろうと思った。公園を出る少し前で、仁美は急にしゃがみこんだ。こちらは振り返らない。泣いているのかもしれない。

誠一郎は心を鬼にして、逆方向に歩きだした。駆け寄って声をかければ、せっかくの決断が水の泡だ。仁美にしたって、同情されても嬉しくないだろう。逆にプライドを傷つけることになりそうだ。

人生とはつくづくタイミングだと思った。

仁美とは十年来の付き合いなのだから、志乃ぶが現れる前に気持ちが通じていれば、いまごろ幸せなカップルだったかもしれない。仁美は性格的に満智子と少し似ているところがあるので、志乃ぶより相性だっていいかもしれない。誠一郎は女の尻に敷かれても平気でいられるほうだが、どう見ても志乃ぶは男を尻に敷くタイプではない。はっきり言って、ふたりの未来は雨に霞む隅田川のようにぼんやりとして見通しがきかない。

それでも……。

志乃ぶと情を交わすための一里塚として挑んだ行為で心変わりしてしまうのは、いくらなんでも優柔不断すぎると思った。仁美の言う通り、志乃ぶとうまくいくかどうかわからないけれど、だからといってうまくいきそうな仁美に乗り換えるなんて、男らしくないにも程がある。

観音裏に戻る前に、六区(ろっく)のサウナに寄った。

ガマの油のように汗をダラダラ流しながら、気持ちの整理をした。

誠一郎はこれから、志乃ぶのアパートに行ってカレーを食べる。店は休みにした。今日は水曜日だから、〈割烹(かっぽう)たなか〉の定休日はこれからずっと水曜日だ。アンケートの結果でもなんでもなく、志乃ぶとの逢瀬(おうせ)のタイミングが今日になったからだった。

誰にも文句は言わせない。

2

雨は降りつづいていた。

志乃ぶの住んでいるアパートは〈割烹たなか〉から徒歩三分、昭和から時がとまってしまったような住宅街にある。木造モルタル二階建てで外階段というのも、いかにも古めかしい。

志乃ぶの部屋は二階のいちばん奥なので、赤錆(あかさび)の目立つ外階段をのぼり、傘を畳んでからノックした。

志乃ぶはなかなか出てこなかった。外廊下に台所が面している造りなので、曇りガラス越しに人が動いている気配はするのだが……。

ようやく扉が開けられると、誠一郎は身構えてしまった。志乃ぶが泣いていたからだ。理由はすぐに察せられた。開かれたドアの向こうから、焦げくさい匂いが漂ってくる。

「あっ、あがってもいい？」

「でも……」

志乃ぶはためらい、戸惑っていたが、誠一郎は靴を脱いで強引に部屋にあがった。

予想通り、鍋が真っ黒焦げになっていた。涙の原因がそこにあった。

台所を見やると、鍋が真っ黒焦げになっていた。カレーをつくるため、肉や野菜を炒めたらしい。底の薄いアルミ鍋を使っていた。料理に慣れていない向きがこの手の鍋で炒めものをすると焦げやすいのだ。盛大に焦がしすぎてリメイクも不可能、下手をすれば鍋も燃えないゴミ行きだろう。

「ごめんなさい……」

志乃ぶが眼尻の涙を拭いながら言う。

「前につくったときは成功したのに……ちょっと眼を離してたら真っ黒に……」

「火事にならないだけよかったじゃないか」

誠一郎は笑った。笑うしかなかった。

「カレーはまた今度、一緒につくろう。ね、元気出して」

狭い部屋に焦げくさい匂いが充満しているので、いますぐカレーをつくり直す気にはなれなかった。食欲そのものがなくなった、と言ってもいい。志乃ぶもたぶん、同じだろう。

だが、そうなると……。

誠一郎は部屋を見渡した。二畳ほどの台所の他には、畳敷きの六畳間がひとつあるきりの部屋だった。ベッドがないから、布団が部屋の隅に重ねられていた。いきなりそれを敷いて事に及ぶというのも、さすがに気まずい……缶コーヒーでも買ってくるか……。

志乃ぶを見た。まだ泣きやんでおらず、うつむいて涙を拭っている。料理を焦がしたことでパニックになり、身繕いもできなかったらしい。ショートパンツにTシャツという部屋着姿だった。普段、着物姿を見慣れているせいもあり、剝きだしの生活感にどぎまぎしてしまう。生脚が妙に色っぽかった。三十八歳にシヨートパンツはミスマッチで、だからこそいやらしいのかもしれない。眺めているとむらむらして、生唾がこみあげてきた。

「もう泣かないで……」

声をかけると、志乃ぶは胸に飛びこんできた。以前、店で同じことをされたときは反射的に突き飛ばしてしまったけれど、今度はしっかり受けとめた。今日の誠一郎は覚悟が決まっていた。仁美にあんな思いをさせてまで選んだ道なのだから、是が非でも幸せなカップルにならなければならなかった。人も羨む恋人同士になって、〈ひとみ〉で一本一万円のビールを飲んでやる……。

「ずいぶん待たせて……悪かったね……」

ささやきながら、髪を撫でてやる。志乃ぶの嗚咽が、少しずつおさまってくる。涙に濡れた顔をあげ、呆けたような表情で見つめてくる。

唇を重ねた。

誠一郎は格好をつけて、なるべくスマートなキスをしようとした。ファーストコンタクトは、うまくできたと思う。志乃ぶの唇はふっくらとグラマーで、紅を差していなくてもサクランボのように赤い。

しかし、スマートでいられたのは束の間のことで、すぐに興奮がこみあげてきた。口を開き、舌と舌をからめあうと、みるみる鼻息が荒くなっていった。誠一郎だけではなく、志乃ぶもそうだった。お互いに好意を抱きながら、長らく抱きあうことをおあずけされていたふたりなのだ。堰きとめられていたものがいま、解き放たれて嵐を呼び起こす。

「ぅんんっ……ぅんんっ……」

鼻息をはずませて、お互いの口をむさぼりあった。あふれた唾液が顎に垂れていっても、志乃ぶはおかまいなしだった。うぶに見えても、内側に熱い情熱を秘めているのが、志乃ぶという女なのかもしれなかった。

女が燃えれば男も燃える。誠一郎は志乃ぶの舌をしゃぶりながら、体をまさぐりはじめた。いまのいままで、彼女とまぐわうところが想像できなかった。人形のように愛でていたかったのだろうと言われれば、たしかにそうなのかもしれない。彼女に恥ずかしいことをさせて自分が興奮するというのを、受け入れづらかったのも事実だ。

だがそれは、男と女であれば当然の図式であり、志乃ぶもそれを求めている。豊満な乳房や尻をまさぐられて、歓喜を示すように身をよじる。もっと触ってとばかりに、成熟した三十八歳の体を押しつけてくる。

「バッ、バンザイしてもらえる？」

誠一郎がささやくと、志乃ぶはまなじりを決して両手を高く突きあげた。真剣さが、体育の授業を受けている少女のようだった。だが、コクンと喉を鳴らして生唾を呑みこんだのを、誠一郎は見逃さなかった。

彼女だって期待している……。

誠一郎はTシャツの裾をつかんで、めくりあげていった。腹部の白い素肌と、臍が見えた。縦に割れた臍にも気品があったが、腰が意外なほどくびれていた。店ではいつも和装なので、気がつかなかったらしい。

さらにTシャツをめくると、ブラジャーが姿を現した。光沢のある薄紫のカップに、ゴールドベージュのレースがふんだんについている。ひと目で高級ランジェリーだとわかった。

下着に贅沢をするんだ――それもまた、意外だった。〈割烹たなか〉にふらりと現れたときは、毛玉のついたセーターを着て、垢抜けない感じだったのに、実際は内側からおしゃれをするタイプなのか。

いや……。

自分のためにわざわざ用意した勝負下着なのかもしれないと思うと、顔が熱くなった。鏡を見れば茹で蛸のように真っ赤になっている自分と対面できそうなくらいだったが、照れている場合ではなかった。

志乃ぶの頭からTシャツを抜くと、ショートパンツも脱がした。ブラと揃いのパンティが、股間にキュッと食いこんでいた。後ろはなんとTバックで、ムチムチと音がしそうな尻の双丘が剝きだしだった。

「そんなに見ないでください……」

志乃ぶは情けない中腰になって、両手で体を隠す仕草をした。とはいえ、欲情までは隠しきれない。見たこともない色っぽい横顔で、チラリとこちらを見た。

「誠一郎さんも……脱いで……」

長い睫毛を震わせながら、甘ったるい声でささやいた。

「あっ……ああ……」

誠一郎が服を脱ぎはじめると、自分は布団を敷きますとばかりに、志乃ぶは部屋の隅で折りたたまれている布団をひろげた。シーツを交換していないことに気づいたのだろう、「やだ……」と言って簞笥の引き出しを開け、中から白いシーツを取りだした。

そんなこと気にすることはない、と誠一郎は言いたかった。志乃ぶの匂いがついているシーツのほうがむしろ興奮しそうだと、ちょっと変態っぽいことを考えていたのだが……。

次の瞬間、とんでもないことが起こった。

志乃ぶが畳んであったシーツをひろげた瞬間、ボトボトボトッとなにかが布団の上に落ちたのだ。志乃ぶはハッと息を呑み、誠一郎もまた、凍りついたように固まってしまった。

大人のオモチャだった。ローターというのだろうか、ウズラの卵のような形をしたカラフルな球体が三つと、男根を模した黒いヴァイブレーターが一本、布団の上に転がっていた。

「やっ、やだっ！」

志乃ぶはその上に四つん這いで覆い被さった。もちろん、そんなことをしたところで、もう隠せない。誠一郎はしっかりと見てしまった。黒いヴァイブレーターはこちらのイチモツをはるかに凌ぐ長さと太さで、反り具合もたまらなく卑猥だった。

誠一郎は衝撃に言葉も出なかった。

女は自慰をしない、と思っていたわけではない。四つん這いになっている志乃ぶはたまらなく色っぽく、こんなにも熟れた体をしていれば、自分で自分を慰めたい夜があったところで、少しも恥ずかしがる必要はない。

誠一郎だって同じなのだ。思春期のころは、大人になったら自慰はしなくなると思っていた。実際には齢五十になっても、週に二回はやっている。妻がいないのだからしかたがない、と心の中で言い訳しながら……志乃ぶだって離婚して長いようだから、条件は一緒なのである。

とはいえ、長大すぎる黒いヴァイブのインパクトはすさまじく、その姿形が脳裏にきっちりと刻みこまれてしまい、誠一郎はブリーフ一枚で立ちすくんでいることしかできなかった。あんなものを入れたり出したりしている志乃ぶの姿を想像すると、たじろがずにはいられなかった。

三十八歳なのに、どこか少女っぽい面影を感じさせるのが、志乃ぶという女だった。だからこそ、セックスをするのに高い壁があった。穢すのが怖いんでしょうと言われれば、その通りのようにも思えた。

だが実際は、夜な夜な黒いヴァイブを股間に咥えこみ、ひいひい言っていたわけである。最近の大人のオモチャはよくできているらしいから、本物以上にいやらしい動きをして、本物以上に気持ちいいのかもしれない。少なくとも、自分のものと比べるのが嫌になるくらい、サイズは大きい。

「もうやだっ……もうやだっ……」

志乃ぶは布団にうずくまってむせび泣いている。泣きたいのはこちらのほうだと思った。うぶ熟女の正体が、カマトト熟女だったのだから……うぶに見えても実際は、ローター三個にヴァイブ一本、簞笥の中をあらためれば、もっといやらしいものだって出てくるかもしれない。

3

「カレーでも食いにいこうか」

誠一郎はしらけた声で言った。

「千束通りに新しくできた喫茶店があるじゃないか。若い夫婦がやってる。あそこのカレー、うまいらしいからさ……」

男らしくない態度だと、自分でも思った。子供のように拗ねて、ふて腐れているのだから、最低人間の見本のようなものだ。

それでも、この状況からムードを取り戻し、初めてのセックスにまでもっていく気力は、誠一郎にはなかった。実際、ヴァイブを見るまでブリーフの前はふくらんでいたのに、いまでは見る影もない。焦げたカレーの匂いが食欲を減退させたように、カマトト熟女と大人のオモチャの組みあわせに、性欲がすっかり萎えてしまった。

志乃ぶが顔をあげた。彼女は彼女で、ぶんむくれた顔をしていた。カレーを焦がした段階から泣いていたし、さらにまた号泣したので、瞼は腫れあがり、眼は真っ赤だった。おまけに口をへの字にひん曲げているから、いつもの可愛らしさはどこへやら、かなりブサイクな顔になっている。

男なら誰だって、好きな女がブサイクな顔をしているのは哀しい。笑ってもらうためならなんだってしたくなるが、誠一郎は頑なだった。険しい表情で睨みつけてしまった。百歩譲って、ヴァイブが自分のイチモツより小さかったら、笑い話にできたかもしれない。だが、あの黒いヴァイブはない。大きすぎるし、卑猥すぎる。志乃ぶがあんなものを夜な夜な股間に咥えこんでいるのかと思うと、目頭が熱くなってきそうだ。

志乃ぶが膝立ちになって近づいてきた。ぶんむくれた顔のままだ。

「なっ、なんだよ……」

誠一郎は焦った。志乃ぶは無言で、誠一郎が後退っても迫ってくる。狭い部屋だから、すぐに背中が壁にあたり、追いつめられた。

「なっ、なんだよ……ちょっと怖いぞ……とにかく気分を変えようじゃないか……この雰囲気のままなにかをするのは、絶対によくない……」

なにも志乃ぶのことが嫌いになったわけではなかった。カレーを食べてコーヒーでも飲めば、乱れている感情も少しは落ちつくだろう。そのうえで志乃ぶと極太ヴァイブの馴れ初めでも聞かせてもらえば、独り身が淋しかった彼女の気持ちに寄り添ってやれるかもしれない。

だが志乃ぶは、ブリーフの両脇をむんずとつかむと、勢いよくずりさげてきた。イチモツはちんまりと下を向いていた。それを見られるのはひどく恥ずかしかったが、志乃ぶはためらうことなく口に含んだ。

「なっ、なにをっ……」

誠一郎はパニックに陥りそうになった。齢五十になるまで、フェラチオをされたことがなかった。愛する妻の口唇を自分の陰部で穢すのが嫌で、満智子に求めたことはない。いまでも間違っていなかったと思う。たとえされても、申し訳なさが先立って、快感に集中できなかったはずだ。

ソープ嬢のカリンに誘われても断ったのは、フェラの快感が癖になってしまうと困るからだった。癖になって、愛する志乃ぶに求めるようなことをしたくなかったのである。

なのに……。

当の志乃ぶが口に含んでしまった。まだちんまりしている男の器官を、口内で舐めしゃぶってきた。一度萎えてしまったとはいえ、亀頭やカリのくびれをねちっこく舐めまわされると、イチモツはむくむくと大きくなっていった。それは、いままで経験したことがない新鮮な刺激だった。下の穴に入れるのともまた違う。あっちには舌なんてない。ねろねろと舐めまわされることもなければ、唇のように自在に収縮するわけでもない。

「おおおっ……おおおおっ……」

すっかり勃起してしまうと、今度はヴィジュアルに衝撃を受けた。太くみなぎった肉の棒が、サクランボのように赤い志乃ぶの口唇に刺さっていた。志乃ぶは苦しげに眉根を寄せ、限界まで口をひろげている。腫れた瞼と相俟って、ブサイクの二乗である。

ひどくいけないことをしているようで、誠一郎の胸はざわめいた。しかし、志乃ぶはしつこく舌を動かしてくる。勃起したことで口の中が窮屈になっているのに、舐めるのをやめようとしない。

「いっ、いいから……もういいから……」

誠一郎は脂汗(あぶらあせ)の浮かんだ顔を歪(ゆが)めた。無理に口唇から抜こうとすると、別の刺激が訪れた。睾丸(こうがん)に触れられたのだ。マッサージをするようにやわやわと揉(も)まれただけだが、それはまさにカリンの言っていた「金玉を握られた」状態だった。志乃ぶの機嫌を損ねたら、思いきり握り潰されるのではないかと思った。全身が金縛(かなしば)りに遭(あ)ったように動かなくなり、冷や汗だけが背中を伝っていく。

「しゃがんでください」

志乃ぶは男根を口唇から抜いても、睾丸からは手を離さなかった。誠一郎は糸で操(あやつ)られるマリオネットのように、なすがままになるしかなかった。布団の上で四つん這いになるようにうながされた。なぜそんな格好にならなければならないのか、意味がわからなかった。尻の穴のあたりがスースーして、顔から火が出そうなほど恥ずかしかった。

バックスタイルで結合するとき、女は男にアヌスをさらす。だが、男は女に尻の穴を見られることには慣れていない。しかし、恥ずかしがっているうちは、まだよかった。ヌメヌメした生温かい感触が、そこに触れた。尻の穴を舐められたのである。

「なっ、なにをっ……」

誠一郎はもちろん逃げようとした。うつ伏せに倒れてしまえば、尻の穴を舐めることは難しくなる。だが、体が動かなかった。志乃ぶの手が、睾丸を握りしめたままだったからだ。無理に動けば、そこに衝撃が走る。男にとっては、想像するだけで震えあがる衝撃だ。

「やっ、やめてっ……やめてくれええっ……」

ねろねろ、ねろねろ、とアヌスを舐めまわされ、誠一郎は悶絶した。決して気持ちがいいわけではなかった。くすぐったいだけなのだが、女に尻の穴を舐められているということ自体が、激しく胸を揺さぶってくる。とんでもない禁忌を犯しているような気がしてならない。

しかも、睾丸をやわやわと揉む力が絶妙なので、合わせ技でだんだん気持ちがよくなってきた。認めたくなかった。尻の穴を舐められて悦ぶ男にはなりたくなかった。

そんな気持ちも知らぬげに、志乃ぶはアヌスに舌まで入れてきた。浅瀬ではあるが、差しこまれてくなくなと動かされる。

「ああああっ……やっ、やめてっ……やめてくださいっ……」

女のように甲高い声で哀願している自分が情けなかった。涙が出てきそうだった。いや、実際に出ていたので、あわてて顔をシーツにこすりつけた。尻の穴を舐められて泣いている男と、志乃ぶに思われたくなかった。

不意にアヌスから舌が離れた。睾丸は握られたままだった。もはや手綱を握られているようなものだ。動けない誠一郎の脚にはまだ、ブリーフがからまっていた。それを脱がされた。誠一郎はシーツに顔をこすりつけていた。この先に自分がどうされるのか、まったくわからなかった。想像することさえ怖かった。

「おおおっ……」

男根が、生温かい口内粘膜にぴったりと包まれた。訳がわからなかった。自分はいま、四つん這いになっているのに……。

志乃ぶはあお向けになって、誠一郎の両脚の間に顔を突っこんできたのである。それはカリンに教わり、仁美を絶頂に導いた、バッククンニと同じ要領だった。さしずめバックフェラということになるのだろうか。あるいは四つん這いフェラなのか……。

名称などどうでもいいことだった。志乃ぶはただ舐めるだけではなく、唇をスライドさせてきた。先ほどは見せなかった動きだ。カリのくびれから肉棒の真ん中あたりまで、唾液で唇をすべらせる。寄せては返す波のように、緩急をつけてくる。強く速く吸っていたかと思うと、味わうようにじっくりとしゃぶる。そうしつつ、根元まで指でしごいてきた。

「おおおおっ……おおおううううっ……」

誠一郎はたまらず、野太い声をあげた。さすがに恥ずかしかったので、側にあった枕に顔を沈めた。そうするとむしろ、たくさん声が出た。声を出したほうが快感が強まるのは、驚きの発見だった。

たまらなかった。

射精の瞬間はともかく、普通ならピストン運動の途中で声を出すことはない。なのに声が出てしまう。涙まで滲む。理由は簡単だった。フェラチオが気持ちいいからだ。下の穴も凌駕するくらい怒濤の快楽が押し寄せてきて、全身が燃えるように熱くなっていく。

おかげで、とんでもないことをしてしまった。ピストン運動を送りこむときのように、腰を動かしてしまったのである。動かせば気持ちがよかった。顔中が汗まみれになるほどの快感を覚えたが、ずぼずぼと抜き差ししているのは、それ専用の女の器官ではない。

志乃ぶの顔なのだ。

これではまるで、顔を犯しているみたいではないか……。

罪悪感が胸を揺さぶり、衝動的に男根を口唇から抜こうとした。できなかった。志乃ぶが腰に両手をまわし、しがみついていたからだ。しかも、腰を揺すってきた。もっと突いてというように……わたしの顔を犯してと……。

「おおおっ……おおおおっ……」

誠一郎はピストン運動を再開した。もはや本能に身をまかせるしかなかった。男根で突かれながらも、志乃ぶは口内で舌を使ってきた。唇を収縮させ、刺激に緩急をつけてきた。

生まれて初めて味わう快感だった。なるほど、これ専用の風俗店が成立するほど、麻薬的な中毒性にあふれていると思った。気がつけば全身が小刻みに震えていた。痺れるような快感が男根の芯から体の芯まで響き、それがさざ波のように頭の先から指先まで波及してきているからだった。

あっ、と思ったときにはもう遅かった。射精欲が耐えがたい勢いでこみあげてきて、抗うことができなかった。

「でっ、出るっ！　出ちゃうよっ！」

枕から顔をあげて叫んでも、志乃ぶは男根をしゃぶりつづけている。腰にまわした両手を動かし、もっと突いてと煽ってくる。

「でっ、出るってっ……出るってばっ……おおおっ……ダッ、ダメだっ……我慢できないいいいーっ！」

もう一度顔を枕に沈めると同時に、下半身で爆発が起こった。ドクンッという衝撃の強さが、いつもと違った。男の精を噴射する寸前に、志乃ぶが鈴口を痛烈に吸ってきたのだ。噴射と吸引の合わせ技によって、熱い粘液が尿道を通過するスピードが倍増した。灼熱のマグマを放出するようなすさまじい衝撃に、誠一郎は声をあげてのたうちまわった。

「おおおおっ……おおおおおおっ……」

ドクンッ、ドクンッ、ドクンッ、ドクンッ、と射精はいつもより速いテンポで畳みかけるように訪れ、その回数もいつもに倍していた。それもまた、志乃ぶが執拗に鈴口を吸ってきたからだった。

最後の一滴を吸われると、誠一郎は気が遠くなりかけていた。精液と同時に、魂までも吸いだされてしまった気分だった。

4

誠一郎は布団の隅で亀になった。

顔面騎乗位で自分ばかりが派手にイッてしまい、いつまでも顔をあげられなかった仁美の気持ちがよくわかった。満智子にも似たようなところがあった。クンニされるのが大好きなくせに、クンニでイカせるとかならず、怒ったふりをして恥ずかしさを誤魔化していた。

それにしても……。

志乃ぶはいったい、どういう女なのだろう？　大人のオモチャを隠しもっていたかと思えば、超絶フェラで男の精を吸い尽くす——要するに、容姿に似合わずドスケベ女ということか。

少しだけ顔をあげて様子をうかがうと、志乃ぶは膝を抱えて座っていた。困った顔をしている。なにを考えているのかわからない。視線が合っても、なにも言わない。

「なにか……言うことはないの？」

恨みがましい眼で睨んでしまう。

「いまのフェラ、すごすぎるじゃないか……まさかプロだったとか？」

「違います！」

志乃ぶはあわてて首を横に振った。

「じゃあ、とんでもない発展家だったり？」

「わたしは別れた夫以外、したことがありません。経験人数ひとりです」

「じゃあ、その別れた夫がすごく精力絶倫で、夜な夜な濃厚なセックスを楽しんでいたとか……調教されたりして……」

「……ひどい」

たしかにひどいことを言っていた。しかし、謝る気にもなれない。そうとでも考えなければ、辻褄（つじつま）が合わないからだ。

「わたしはただ、耳年増（みみどしま）なだけで……」

「耳年増？」

「誰かと話すわけじゃないですけど……いまはネットで体験談とかいろいろ読めるから……エッチな漫画になっていたり……」

「なるほど……」

誠一郎は体を起こし、側に転がっていた黒いヴァイブを拾った。手にしてみると、見た目以上に重くて存在感がある。

「エッチな漫画を見ながら、これで自分を慰めていたわけか……」

志乃ぶの顔がにわかに赤くなり、両手で覆い隠した。

「それは、使ったことありません。通販で買ったんで、サイズを間違えたというか……まさかそんなに大きいなんて思わなかったから……入りませんよ、そんなに大きいの……」

「信じられないね」

それが事実なら、このヴァイブはまだ箱に入った状態なのではないだろうか。剝きだしで簞笥にしまってあるなんて、使っているに決まっている。少なくとも、使ってみようとはしたはずだ。

「こっちは使ったことがあるんだろう？」

ヴァイブを置き、ローターのコードをつまんだ。三個まとめてぶらぶらさせると子供のオモチャのようだったが、成熟した大人の女のひとりよがりのために開発された淫具（いんぐ）である。

「ううぅっ……」

志乃ぶは両手で顔を覆いながら、うなずいた。耳まで真っ赤になっている。

「べつに責めてるわけじゃないんだ。そうじゃなくて、驚いてるんだ。いや、その、驚くのもおかしな話かもしれないよ。オナニーくらい誰だってしてるし、便利グッズがあれば使ってみたくなるだろうし……」

自分でも、なにが言いたいのかわからなくなってきた。ぶらぶらさせている三個のローターを見た。ピンクと白と紫だった。誠一郎はもちろん、使ったことがなかった。スイッチを入れると、ジィー、ジジィー、と振動しはじめた。これをクリトリスにあてるわけか……。

むらむらとこみあげてくるものがあった。性欲とは違う種類の欲望だった。たったいま射精したばかりですぐに復活できるほど、五十路(いそじ)の精力は逞(たくま)しくない。しかし、ローターを使ってみたい気がする。単なる好奇心ではない。これを使って責めたとき、志乃ぶがどんな反応を示すのかに興味をそそられる。

暗い欲望だった。志乃ぶには申し訳ないが、ローターを使って化けの皮を剝(は)いでやりたい気がした。耳年増だの、エッチな漫画だの、ヴァイブは未使用だの、いろいろ言い訳しているけれど、どうにも信じられなかった。本当は単なるドスケベのド淫乱(いんらん)なのではないか。

蔑(さげす)んでいるわけでも、咎(とが)めたいわけでもなかった。

それならそれでいいのだ。実は風俗嬢をしていたとか、地元ではちょっとは知られたやりまんだったとか、そういう過去があってもいい。人間、誰にだって過去はある。

ただ、嘘をつかれているとすれば許せなかった。うぶ熟女でなくてもいいが、カマトト熟女は願い下げだ。それならいっそ、ドスケベ熟女のほうがいい。受け入れるのに時間はかかるかもしれないけれど、たぶん許せる。店に出ている表の顔は、あくまで恥ずかしがり屋のうぶ熟女なのだから、ギャップに燃えるようにだってなるかもしれない。

誠一郎は三個のローターをぶらぶらさせたまま、志乃ぶに身を寄せていった。志乃ぶが指の隙間（すきま）から、こちらをのぞく。怯（おび）えた眼をしている。

「使ってみてもいい？」

「えっ……」

志乃ぶの顔がひきつった。

「でもそれは……ひとりでするもので……」

「ふたりで使っちゃいけない決まりがあるわけじゃないだろう」

誠一郎は志乃ぶをあお向けに横たえ、馬乗りになった。ローターのスイッチを入れた。ピンクと紫の二個だ。白は布団の上に置いた。

「ブラジャー、はずしてもらえる？」

両手に振動するローターを持った状態でささやいた。

「ううう……」

志乃ぶはますます顔をひきつらせて、両手を背中にまわした。もじもじしながらホックをはずし、何度も溜息をついてためらってから、カップをめくった。

誠一郎は眼を見開いた。露わになったふたつの胸のふくらみは、たわわに実った肉の房だった。裾野にたっぷりと量感を帯び、にもかかわらず横側に流れてしまうこともなく、立体感を保っている。

なにより、白い素肌がまぶしかった。志乃ぶはもともと色白だが、ブラジャーに隠されていた部分はなお白い。そのせいか、乳首までピンク色だった。三十八歳にしてこの清らかな色艶は反則だと思った。

ごくり、と生唾を呑みこんでしまう。ジィージィー振動しているローターなど放りだし、むしゃぶりついていきたかった。たわわな隆起を揉みくちゃにし、音をたてて乳首を吸いたかった。

しかし、そういうやり方では目的は果たせない。いま優先しなければならないのは、志乃ぶの化けの皮を剝ぐことだった。

「ちっ、乳首にあてたりするのかい？」

志乃ぶは曖昧に首をかしげた。この期に及んでシラを切るとはいい度胸だった。ローターは三個ある。ひとつをクリトリスにあて、ひとつは肉穴に埋め、もうひとつは乳首を刺激するに決まっているではないか。

「あんっ……」

ジィージィー振動する球体を左右の乳首にあてがうと、志乃ぶは白い喉を突きだした。身をよじったので、立体感のある乳房が揺れたが、誠一郎はしつこく追いかけて、乳首を刺激しつづけた。

「いっ、いやっ……いやです、こんなのっ……」

志乃ぶが眉根を寄せながら見つめてくる。いまにも泣きだしそうな顔をしている。初めてのセックスなのに乳首をローターで責められるなんて哀しすぎる——そう言いたいようだった。たしかにその通りだが、最初に仕掛けてきたのは彼女のほうである。バックフェラで男の精を吸いたてておきながら、カマトトぶっても通用しない。

「ああっ、いやっ……許してっ……許してくださいっ……」

志乃ぶがしきりに身をよじり、双乳があまりにタプタプ揺れるので、乳首だけを責めるのが難しくなってきた。ならば、と誠一郎は裾野から頂点に向けてローターを這わせた。時折、脇腹のあたりも刺激しながら、ピンク色の乳首に舌を伸ばしていく。ことさらこちらから舐めなくても、乳房が揺れているので、自然と乳首が舌にあたる。

「あああっ……あううっ……」

誠一郎の股の下で、志乃ぶは激しく体を動かしている。身をよじったり、のけぞったり……まるで釣りあげられたばかりの若鮎のようだった。熟女のくせに、このピチピチ感はいったい……。

どう判断すればいいのだろう？　これこそ発展家の証なのか。あるいは、奥手の初々しい反応なのか……。

誠一郎は悩みながら体勢を変えた。志乃ぶの上からおりて、横側から身を寄せていった。左手で肩を抱き、遠いほうの乳首にローターをあてがう。右手にもローターはあるが、近いほうの乳首は舌で刺激した。ねちっこく舐め転がしてやった。右手に持ったローターが向かう先は、もちろん下半身だ。

なめらかな白い素肌を撫でつつ、ローターを股間に向かって這わせていく。そこにはまだ、パンティがぴっちりと食いこんでいる。薄紫の地にゴールドベージュのレースがふんだんについている高級ランジェリーだ。

「あああっ……はぁあああっ……」

志乃ぶの顔が紅潮(こうちょう)していく。左右の乳首を、ローターと舌で刺激されているからだけではない。いまにもいちばんの性感帯に振動を送りこまれそうなので、息をとめて身構えているのだ。

誠一郎は焦らなかった。まずは志乃ぶの両脚を開いた。志乃ぶはすぐに閉じたが、乳首をチューチューと吸いたて、甘噛(あまが)みまでしてやると、おとなしく開いているようになった。

両脚を開いたことで、恥丘(ちきゅう)の小高さが際立った。クリトリスはその下にある。ジィージィー振動している球体でこんもり盛りあがった丘を撫でまわし、けれどもいきなりクリトリスは刺激しない。真っ白い内腿(うちもも)にローターを這わせて焦(じ)らしていると、やがて志乃ぶは腰を動かしはじめた。

エッ、エロすぎるだろ……。

本人としては、いやいやと身をよじっている感じなのかもしれない。だが、誠一郎から見れば、どう見ても股間に刺激を欲しがっていた。くりんっ、くりんっ、とまわる腰は、蜜蜂のようにくびれたフォルムと相俟って、身震いを誘うくらいいやらしい。

「はぁううぅーっ！」

満を持してローターを恥丘の下にあてがうと、志乃ぶはのけぞって悲鳴をあげた。いやらしく回転していた腰をガクガクと震わせ、歓喜を伝えてきた。

ドスケベな反応だった。

割烹着姿で働いているときとは完全に別人——もちろん、人間誰しも服を脱いでセックスしているときは別人になるのだろうが、彼女の場合は極端すぎた。腰の震えが全身に波及し、太腿や乳房が、ぶるぶるっ、ぶるぶるっ、と震えている。下着越しに刺激しているだけなのに、息のはずませ方がすごい。志乃ぶがドスケベなのではなく、ローターとはそれほどまでに威力があるのか。そんなものを三個も常備しているのだから、志乃ぶはやはりドスケベなのか……。

「あああっ……あああああっ……」

志乃ぶが半開きの唇を震わせながら、すがるように見つめてきた。キスをしてほしいようだが、誠一郎は応えてやらなかった。キスをしてしまえば、こちらも欲望に溺れてしまう。いまは冷静でいなければならない。志乃ぶの本性を見極めるために……。

　誠一郎は上体を起こし、志乃ぶの下半身のほうに移動した。パンティの両脇を指でつまむと、志乃ぶは真っ赤に染まった顔を両手で覆った。うぶなのかカマトトなのか判断しかねるが、そういう仕草がよく似合い、男心を揺さぶってくる女であることはたしかだった。

　パンティをずりおろしていくと、発情のフェロモンが鼻腔を直撃した。かなり強い匂いだと思ったが、濡らしすぎているせいでもあるようだった。逆三角形に茂った陰毛はかなり濃いめなのに、蜜を浴びすぎて岩のりのように素肌に張りついている。

「なっ、なにをっ……」

　志乃ぶが焦った声をあげたのは、誠一郎が両脚をひろげながら、背中も丸めていったからだ。いわゆるマンぐり返しの体勢である。カリン直伝のバッククンニでは表情がうかがえないから、本性を見抜けない。舐めながらしっかりと顔が見えるこの体勢以外に、この場に相応しいクンニはない。

　満智子にも、一度だけ試してみたことがある。終わったあとに激怒されたが、満智子はそのとき、三度も立てつづけにイッたのだった。いつもクンニでは一度しかイカないので、感じていたことは間違いない。

「ゆっ、許してっ……恥ずかしいっ……」

指の隙間から涙眼を向けてきた志乃ぶは本当に恥ずかしそうだったが、誠一郎は聞く耳をもたなかった。四つん這いになった男の股ぐらに顔を突っこみ、濃厚フェラで射精にまで導いた女に、言われたくなかった。

いい眺めだった。

岩のりのようになった陰毛に縁取(ふちど)られたアーモンドピンクの花びらは、眼もくらみそうなほど淫靡(いんび)だった。ふっくらと肉厚で、縮れがほとんどなかった。見るからにヌメヌメした貝肉質の感触が心地よさそうで、萎えていたイチモツに力が蘇(よみがえ)ってきた。

「顔を見せるんだ」

志乃ぶは両手で顔を覆ったまま首を横に振った。

「顔を見せるんだ」

誠一郎は繰り返しつつ、ねろり、ねろり、と肉の合わせ目を舐めた。さらにクリトリスへはローターの振動を送りこむ。敏感な肉芽(にくが)はまだ花びらの中に埋まっていたが、下着越しでも効果はあった。

「あううぅっ！」

志乃ぶは顔を覆い隠していられなくなり、両手をジタバタさせた。つかむものを探してシーツを掻き毟っている手指がいやらしい。

舌とローターのコラボに、志乃ぶはのたうちまわった。ローターで自慰はできても、股間を自分で舐めることはできない。生温かい舌の刺激が、ことさら染みるはずである。

やがて花びらがめくれ、薄桃色の粘膜が顔をのぞかせると、誠一郎はヌプヌプと舌を差しこんだ。そういえば、志乃ぶは先ほど、肛門に舌を差しこんできた。まったく、大胆な女だった。あんなプレイも、近ごろのエッチな漫画には描いてあるのだろうか。本当は男から教わったのではないか？　教わったというか、仕込まれたというか……。

「正直に言ってくれよ……」

志乃ぶに声をかけた。ローターと舌の波状攻撃で、真っ赤に染まった顔をくしゃくしゃにしていた。

「本当は、その……やっ、やりまんだったんじゃないの？」

「ちっ、違いますっ！」

「やりまんならやりまんでいいんだ……もう昔の話なんだから……ただ、嘘をつかれているのが耐えられない……」

「違うって言ってるじゃないですかっ！」

「でも、本当にエッチな漫画を読んだだけで……」

「わたしはっ！」

志乃ぶが遮った。見開いた眼から大粒の涙がボロボロとこぼれた。

「わたしはっ……オッ、オナニーが好きなだけなんですっ！　それだけはどうしても我慢できないんですっ！　言わせないでくださいよ、こんなことっ……こんな恥ずかしいことおおおっ……」

わっと声をあげて志乃ぶが泣きだしてしまったので、誠一郎はクンニを続けていられなくなった。マングり返しの体勢を崩し、ローターのスイッチも切ると、志乃ぶがむせび泣く声だけが狭い部屋にこだました。

5

「……すまない」

誠一郎は布団の上に正座し、がっくりと肩を落としている。

「恥ずかしいことを言わせてしまって申し訳ない……でも、ようやく納得がいったよ……そういうことなら、もうなにも言うことはない……」

本当はまだちょっと疑っていた。それでも、信じることからしか、愛は始まらない。志乃ぶと愛しあいたいなら、細かい疑惑には眼をつぶって、信じるべきなのだろう。

「ううう っ……」

志乃ぶが泣き腫らした顔を向けてくる。

「抱いてくれないんですか？」

「えっ……」

「オナニーばっかりしてる女なんて、抱きたくないですか？」

「いや、そういうわけじゃ……」

誠一郎は苦りきった顔になった。ここでしっかりと抱きしめあい、腰を振りあって恍惚（こうこつ）を分かちあえば、大団円になるのかもしれない。

志乃ぶはこちらが勃起していることに気づいている。

だがそれは、フル勃起ではなく、八割程度の硬さだった。挿入（そうにゅう）できないこともないだろうが、いつ中折れしてもおかしくない。それも当然だった。射精してから、まだ三十分くらいしか経っていないのだ。ただ精を放出しただけではなく、したたかに吸引されたのである。

年齢を考えれば八割勃起しただけでたいしたものであるが、かといって挑みかかっていく気にもなれない。女が欲しいという雄心が足りない。オナニーが好きだと叫ばれたことで、ちょっとしらけてしまったのかもしれない。

そんなにオナニーが好きなら、男なんていらないよな——まったく我ながら卑屈で、いじけやすい嫌な男だと思ったが、全裸で股間をさらしながら、紳士になるのは難しい。

「あのう……」

志乃ぶが上目遣いで声をかけてきた。

「すごく気持ちよくなる方法があるんですけど……」

「気持ちよくなる方法？　セックスが？」

コクン、とうなずき、

「これ、なんで三個あると思います？」

ローターをまとめて手にした。

「それは……クリと穴と乳首を刺激するためでしょ？」

「ふたつは合ってますけど、ひとつはブー」

「どういうこと？」

誠一郎は首をかしげるばかりだった。先ほどから、なにを言っているのかよくわからない。話の方向性が見えない。

志乃ぶは立ちあがると、簞笥からなにかを取りだした。スキンとローションのボトルだった。

「これをこうしますよね……」

白いローターをスキンで包み、ローションをかけた。

「それで、こうするんです」

驚いたことに、志乃ぶはみずから両脚をM字にひろげ、スキンに包んだローターを入れた。前の穴ではなく、後ろの穴にである。ローションがついているせいだろう、一瞬の出来事だったが、尻の穴からコードが伸びている様子が卑猥すぎて、誠一郎はごくりと生唾を呑みこんでしまった。

「合体した状態でスイッチを入れたら、気持ちよさそうでしょ？」

志乃ぶは照れくさそうに笑ったが、誠一郎は笑えなかった。むしろ、顔中がひきつりきっていたはずだ。

「まっ、まさか……いつもそうやってオナニーを……」

志乃ぶがコクンとうなずく。

嘘だろ——誠一郎はあまりの衝撃に眩暈を起こしそうになった。いっそのこと、極太ヴァイブを愛用していると告白されたほうが、まだ平常心を保てたかもしれない。

ローターを入れるのは後ろの穴だけ、のはずがなかった。同じ要領で、前の穴にも入れるのだ。股間の内側でふたつの球体を振動させながら、最後のひとつをクリトリスにあてる……。

ぶるっ、と身震いが起こった。いやらしすぎるやり方だった。誰がどのようにオナニーしようと自由だが、恐ろしい女だとしか言い様がない。

しかし、誠一郎は引かなかった。むしろ身を乗りだしていた。志乃ぶの提案は、前の穴にローターを入れるかわりに、男根を入れたらどうかというものだった。アヌスに入れたローターが振動すれば、刺激は倍増。中折れしている暇もないほど、興奮しつづける……。

「ちょ、ちょっと試しにやってみようか……」

誠一郎が小声で言うと、わたしは最初からそのつもりですけど、とばかりに、志乃ぶは両脚をひろげたままあお向けに横たわった。

ムードなんて全然なかった。にもかかわらず誠一郎は興奮しきって、フル勃起状態になった。アヌスにローターを入れたセックスというのがどういうものか知りたくて、童貞だった三十年前のように胸を高鳴らせていた。

志乃ぶの両脚の間に腰をすべりこませ、男根の切っ先を濡れた花園にあてがった。ヌルリとしたその感触だけで、背筋に興奮の震えが這いあがっていった。このまま一気に貫きたい、という衝動がこみあげてきた。一度目の射精ですっかり失われていた雄心を、完全に取り戻していた。

もちろん、衝動のままに貫いてしまうほど馬鹿ではなかった。相手を置いてけぼりにしてしまっては、充実したセックスなんかできない。アナルローターの威力を存分に味わうためにも、まずは志乃ぶの気持ちも高めてやらないと……。

上体を覆い被せて、乱れた髪を直してやった。続いて、キス。やさしく唇を重ねたつもりでも、お互いすぐに口を開いて舌をからめはじめた。

考えてみれば、マンぐり返しのクンニを途中でやめてしまったから、志乃ぶも生殺しの状態なのだ。濡れた花園を亀頭でつんつんと突いただけで、身をよじりはじめた。早くほしいとばかりに腰を動かし、角度を合わせてくる。

誠一郎は焦らなかった。みずからの衝動も抑えこみながら、なるべく時間をかけて結合した。唾液が糸を引くほど濃厚なキスを続けながら、じわじわと入っていき、亀頭だけを埋めた状態で小刻みに抜き差しした。

「あああっ……」

浅瀬を穿っただけで、志乃ぶは声をもらした。彼女の中は、よく濡れていた。まるで亀頭が、お湯に浸かっているようだった。それでいて締まりも充分で、奥に入れるほど濡れた肉ひだが吸いつき、からみついてくる。

「あああっ……あああああっ……」

半分ほど入れると、志乃ぶの瞳は潤みきった。腫れた瞼さえセクシーに見えるほどせつなげな表情で、半開きの口を震わせた。発情が生々しく伝わってきた。自慰が好きだということは、性欲が強いということに他ならない。悪いことではない。むしろ惹かれる。あの恥ずかしがり屋の志乃ぶがどこまで乱れていくのか、胸が高鳴ってしようがない。

「くぅううううーっ！」

ずんっ、と最奥まで突きあげると、志乃ぶは白い喉を見せてのけぞった。汗ばんだ喉に、誠一郎は舌を這わせた。すぐ動きだすような野暮な真似はしなかった。続いて両手をバンザイさせ、さらけだされた腋窩にも舌を這わせる。甘酸っぱい汗の匂いが舌に染みる。志乃ぶはそこが敏感らしく、舐めまわしてやるとくすぐったそうに身をよじった。

その動きが、ピストン運動の呼び水になった。誠一郎はゆっくりと抜き差しを開始した。挿入後すぐに動かなかったことで性器と性器は馴染み、密着感を増していた。軽い抜き差しでも、粘りつくような感触がする。それが気持ちよくて、ピッチはあがっていく。焦るな焦るなと自分に言い聞かせつつも、気がつけば連打を放っていた。

「あううっ！」

乱れはじめた志乃ぶの肩を抱き、体と体を密着できるところまで密着させた。志乃ぶの興奮を、すべて吸いとってやりたかった。汗ばむ肌も、震える肉も、なにもかも感じたい。

「ああっ、いやっ……あああっ、いやあああっ……」

腕の中で志乃ぶが暴れる。オナニーに淫していている毎日を送っていても、彼女にとっては久しぶりのセックスなはずだった。時折薄眼を開けて、すがるように見つめてくる。戸惑いが伝わってくる。誠一郎は見つめ返し、すべて受けとめてやると目顔で伝える。

「スッ、スイッチをっ……スイッチをっ……」

あえぎながら、志乃ぶが言った。ローターのスイッチのことだろう。大人のオモチャなんかに頼らなくても、中折れの心配はなさそうだった。射精は遠そうだったが、ひとつになっていることがこんなにも気持ちいい。はっきり言って、射精などしなくていいから、この状況を永遠に続けていたいくらいだった。

とはいえ、志乃ぶの心づくしを無にするわけにもいかない。誠一郎は腰を振りたてながら布団の上を探り、ローターのスイッチを入れた。

「はっ、はぁおおおおおーっ！」

志乃ぶの体が弓なりに反り返ったので、びっくりしてしまった。続いて、男根に異変を感じた。ジィー、ジィー、という振動が、たしかに伝わってくる。いままで経験したことがない刺激に、誠一郎は夢中になって突きまくった。男根が芯から硬くなっていく。

「ああっ、いやあっ……ああっ、いやあっ……」

志乃ぶはもはや半狂乱だった。髪を振り乱し、手脚をジタバタさせ、誠一郎に強くしがみついてくると、背中を掻き毟ってきた。ミミズ腫れができそうな勢いだったが、痛くはなかった。いや、痛みが心地よかった。背中を掻き毟られるほどに、男根の芯が甘く疼いた。鋼鉄のように硬くなった男根で、渾身のストロークを打ちこんでいく。

「ダッ、ダメッ……もうダメッ……」

志乃ぶが切羽つまった声をあげた。

「もうイクッ……わたし、イッちゃうっ……」

誠一郎はうなずいた。こちらにはまだ、余裕があった。バックフェラで男の精を吸いとられたお返しに、先にイッてもらってかまわなかった。いちばん奥を突きあげるイメージで連打を放った。

「あああっ……イクッ……イッちゃいますっ……志乃ぶ、イキますっ……イクイクイクイクッ……」

バネ仕掛けの人形のように、志乃ぶの体がビクンッと跳ねた。

「はっ、はぁうううううーっ！」

獣じみた悲鳴をあげて、絶頂に駆けあがっていく。五体の肉という肉を、ぶるぶるっ、ぶるぶるっ、と痙攣させる。それを一緒に味わいたくて、誠一郎はピストン運動をやめ、ぎゅっと抱擁を強めた。骨が軋みそうなほど抱きしめているのに、肉づきのいい志乃ぶの体はビクともせずに痙攣を続ける。しなやかな弾力を見せつけながら、女に生まれてきた悦びをむさぼりつくす。

「……あふっ」

志乃ぶの体から力が抜けた。イキきったらしい。途端に、汗ばんだ顔に笑みを浮かべた。照れ笑いだった。

「もうやだっ……」

ハアハアと息をはずませながら言った。笑っているのに、眼からは大粒の涙がこぼれ落ちてくる。

「オナニーよりずっと気持ちいい……オナニーなんかより……」

感極まって泣きだした志乃ぶに、誠一郎はキスをした。汗で顔にくっついた髪をどけてやりながら、じっくりと舌を吸いあった。

「オナニーはオナニー、セックスはセックスさ。比べることはない」

志乃ぶはコクコクとうなずき、

「でも、オナニーも貢献してくれてる……」

「……と言うと？」

「お尻のローターとってても気持ちいい。誠一郎さんも入れてみますか？　男の人は前立腺があるから……女より気持ちがいい……はず……」

誠一郎は苦笑した。それもエッチな漫画で仕入れた知識なのだろうか。まったく、どこまでいやらしい女なのだろう。愛しさに胸が熱くなり、またキスしてしまった。腰も動きだした。一度絶頂に達した蜜壺は、さらに粘っこい感触になっていた。

「ああっ、いいっ！」

志乃ぶがせつなげに眉根を寄せて見つめてくる。誠一郎も見つめ返す。彼女のおすすめなら尻の穴にローターを入れるのもやぶさかではなかったが、それはまた今度にしておこう。

※この作品は双葉文庫のために書き下ろされたもので、完全なフィクションです。

双葉文庫

く-12-63

うぶ熟女（じゅくじょ）

2021年5月16日　第1刷発行

【著者】
草凪優（くさなぎゆう）

【発行者】
箕浦克史
【発行所】
株式会社双葉社
〒162-8540 東京都新宿区東五軒町3番28号
［電話］03-5261-4818(営業)　03-5261-4833(編集)
www.futabasha.co.jp(双葉社の書籍・コミックが買えます)
【印刷所】
中央精版印刷株式会社
【製本所】
中央精版印刷株式会社

【フォーマット・デザイン】
日下潤一

ISBN978-4-575-52473-4 C0193
Printed in Japan

霧原一輝
蜜命係長と島のオンナたち
書き下ろし長編
ヤリヤリ出張エロス
会長の恩人女性をさがせ！ 閑職にいる係長に出世の懸かった密命が下る。手がかりはなんとイク時だけ太股に浮かぶという蝶の模様だけ！

草凪優
花よ乱れて
オリジナル長編
性春エロス
花は桜、女は花。バージンの桜子、フェロモンを放つ小梅、七分咲きの咲良、満開を過ぎた頃合いの八重。四人の女が、絶頂の時を迎える。

草凪優
人妻、預かります
書き下ろし長編
性春エロス
三十路独身の凡野泰之は、学生時代の先輩の頼みで、妻の千紗希を自宅で預かることに。美しき人妻を前に、凡野の懊悩は増すばかりで。

草凪優
良妻恋慕（りょうさいれんぼ）
書き下ろし長編
性春エロス
好きだった後輩がプロ野球選手と結婚するも、諦めきれずにいた阿久津義恒。後輩の夫の突然の引退に際し、再就職への協力を申し出るが。

草凪優
煽情のデパートガール
Say-Ai Collection
制服好きが高じてデパートに就職した守矢篤史は、ある出来事をきっかけに、華やかなデパートガールたちの妖しい裏側を知ることになる。

草凪優
逃げるは恥だが人妻の役に立つ
書き下ろし長編
性春エロス
人妻との逢瀬の直前に、横領の疑いがかかった二十歳で童貞の沓脱悠太郎。彼を待ち受けていたのは、人妻たち相手の夢の逃亡性活だった。

草凪優
未亡人は、雪の夜に
書き下ろし長編
性春エロス
恋人でもない未亡人の女性川原真千子と、急遽駆け落ちすることになった真鍋倫太郎。雪がそぼ降る古民家での、妖しい同居生活が始まる。

草凪優
隣のフレッシュＯＬ
オリジナル連作性春エロス
真新しいスーツに身を包み弾けるような笑顔を振りまくフレッシュＯＬと、その姿に魅せられた男たちが織りなす、極上の連作性春エロス。

草凪優
あの夏、浴衣の君
書き下ろし長編性春エロス
浴衣デザイナーの宇佐美慎吾は郷里のセレクトショップで浴衣フェアを開催することに。久々に地元に戻った彼には、忘れ得ぬ相手がいて。

草凪優
最高の愛人
オリジナル連作性春エロス
人生に彩りを添える最高の愛人とは——。美熟女から元カノまで、男の夢を叶える彼女たちが紡ぎだす、至高のエロティック・ストーリー。

草凪優
帯をといたら
書き下ろし長編性春エロス
成人式間近の若い恋人を持つ四十歳の岡本幹夫はバーで知り合った美熟女と一夜を過ごしてしまい、思わぬ頼みごとを受けることになる。

草凪優
奇跡の美熟女
オリジナル連作性春エロス
熟れた肢体から漂う色香と、肉の悦びを知り尽くした淫らな痴態で男を魅了する、色とりどりの奇跡の美熟女たちが繰り広げる悦楽の物語。

草凪優
そして全員寝取られた
書き下ろし長編性春エロス
隣室に越してきた夫婦。その妻はかつて憧れた女上司だった。隣で繰り広げられる痴態に心を乱す男に、さらなる嫉妬の地獄が待ち受ける。

草凪優
極上の妻(おんな)たち
オリジナル官能短編集
うら若き新妻から清楚なセレブ妻、幸薄そうなシングルマザーまで、いずれ劣らぬ美しき人妻たちとの至高の情事を描く珠玉の五編を収録。

草凪優　桃尻プリン　オリジナル長編　フェチック・エロス

深夜のオフィスビルで作業に勤しむ尻好き清掃員と、魅惑のヒップを持つ美人女子社員たちが繰り広げる、究極のフェチック・エロス。

草凪優　ツンデレ上司とおねだり兄嫁　書き下ろし長編　性春エロス

出張先のホテルで抱いてしまったことで美人上司と付き合うことになった二十九歳の貴明。だが彼には、兄嫁との間にある秘密があって。

桜井真琴　人妻温泉　癒やしの宿　書き下ろし長編　柔肌エロス

訪れた温泉旅館でひょんな流れでマッサージ師として雇われることになった三輪宗介。下心たっぷりの施術で、美人妻たちを癒やしていく。

桜井真琴　地方の人妻がいやらしすぎて　書き下ろし長編　柔肌エロス

奸計に嵌まり地方の営業所に飛ばされてしまったエリート社員の遠野亮一は、地方の淫らな女性たちとの情事で身も心も癒やされていく。

桜井真琴　艶めき同窓会　書き下ろし長編　柔肌エロス

同窓会に参加した夜に当時好きだった美少女・吉永夏美と身を重ねた立花周平。その勢いのままに女教師や元の同級生を抱きまくるのだが。

橘真児　むらむらマンション　長編ステイホーム官能

独身童貞の五月友朗はマンションのゴミ捨て場でエプロン美女の弥生と出逢う。もっちりヒップの彼女は新しい管理人だった。傑作新装版。

橘真児　今夜は生でイッちゃって　長編温もりエロス

地方に左遷になったサラリーマンが、焼き鳥屋再興のため美人店員から人妻まで様々な美女相手に大奮闘。傑作エロスが装いも新たに登場！